EL HUERTO

CUENTOS SELECCIONADOS

Ira Sumner Simmonds

ISS Publishing
Brooklyn, New York

MENCIONES

Gracias a mi esposa, a mi familia y a mis amigos que me han apoyado en mis esfuerzos por escrito.

Ira Sumner Simmonds
ISS Publishing
31 Grace Court
Brooklyn, NY 11201
url: https://authorirasimmonds.com/
email: ira@irasimmonds.com

Diseño de la cubierta y dibujos de Boryana Stambolieva

Información sobre pedidos:
Disponible en forma impresa si se solicita y en forma electrónica en Amazon.com y en la librería Barnes & Noble

El HUERTO - cuentos seleccionados

Traducido del inglés por Nora Weiss

eBook: 978-1-966131-95-3
Paperback: 978-1-968165-03-1
Hardcover: 978-1-968165-04-8

NOTA DEL AUTOR

Aunque mi primer libro, *Desde Siberia a St. Kitts: Un Trayecto de una Profesora*, se publicó en marzo de 2018, empecé con mi esfuerzo por escribir veintiocho años antes, en 1991, el año en que a mi madre le diagnosticaron el comienzo de la enfermedad de Alzheimer.

Si tenemos suerte vemos envejecer a nuestros padres con poco o sin deterioro de su capacidad cognitiva y física. Me atrevo a suponer que la mayoría de nosotros no estamos bien preparados para enfrentar los retos médicos, emocionales y sicológicos que afectan a nuestros padres ancianos.

Al tratar de entender la fisiología de lo que estaba cambiando la personalidad de mi madre, descubrí por casualidad el poder terapéutico que tiene escribir. Sin embargo, todavía no está claro cuáles fueron las fuerzas concretas que me llevaron a poner la pluma sobre el papel.

Talvez reconocí, inconscientemente, que escribir era la mejor manera de encarar mi lucha por entender la situación de mi madre. En resumen, escribir miles de palabras sobre la enfermedad de mi madre, reorganizarlas una y otra vez hasta que tuvieran sentido, no solamente era una especie de terapia, sino que también me mostró la alegría que produce escribir.

Este libro es una recopilación de relatos que se basan en acontecimientos reales, escritos durante los últimos veintinueve años. Se usaron seudónimos a fin de proteger la anonimidad de todas las personas mencionadas en esta antología.

Contents

Gracias mamá por todas tus bendiciones

El verdadero conocimiento consiste en conocer el nivel de nuestra ignorancia.

--- Confucio

CAPÍTULO 1

El Huerto

Hace aproximadamente diez años Paul tuvo un sueño. Un gran sueño. Iba a construir la casa de sus sueños en Valley Views, una zona hermosa que se encuentra al pie de Mount Olivees, en el lado sudoriental. Tenía una ubicación estratégica al borde de una leve pendiente que ofrecía una pintoresca vista panorámica de los valles circundantes. Los valles verdes y las colinas ondulantes indicaban una fertilidad sin paralelo en otras partes de la hermosa isla caribeña de St. Kitts. Cuando los ojos se mueven tranquilamente desde la cumbre de Mount Olivees hasta los pies de las colinas y los valles, los matices del color verde, desde el de la selva hasta todos los demás, representan de manera elocuente una tierra generosa.

Una característica importante del sueño de Paul era tener un huerto de árboles frutales. Muchísimos tipos diferentes de árboles frutales. Iba a haber muchas variedades de mangos y de manzanas, así como también guayabas, guanábanas, maracuyá, papayas, plátanos y cocos.

Utilizando su increíble capacidad multifacética de constructor, en unos pocos años Paul convirtió su sueño en realidad. Con el paso de los años los numerosos árboles que había sembrado en su huerto maduraron y pronto empezaron a producir frutas. Las opciones de frutas para el desayuno aumentaron de manera exponencial. Ahora, cinco años después de haber sembrado el primer árbol, él y su clan viven en una especie de paraíso de las frutas y gozan de una serie de delicias jugosas y dulces que despiertan la envidia de los demás habitantes de la zona. Es una tierra tan fértil que los indígenas hace años le pusieron el nombre de Liamigua, lo que significa tierra fértil.

Recientemente ha habido problemas en el paraíso. Las cosas no resultaron como lo había soñado Paul. El huerto sigue muy bien, gracias, los árboles florecen en un entorno perfecto de tierra fértil y lluvia abundante. En cuanto a las frutas, cada año son más jugosas y deliciosas.

Para Paul, Valley Views es un lugar idílico para vivir. Es tranquilo, pacífico y está lejos de las multitudes ruidosas. Es un lugar donde se puede observar y gozar de una gran variedad de especies salvajes - halcones de cola roja, garcillas bueyeras, gorriones, colibrís de las Antillas, palomas naturales de las Américas llamadas Zenaida macroura y otras palomas, papagayos de cuello morado, currucas amarillas, camachuelos de las Antillas, mangostas, monos y lagartos, para citar algunos ejemplos. Ver y oír a estos animales, además del ruido del ganado doméstico, de las cabras y de las ovejas que se alimentan en las laderas verdes, hace que los que visitan Valley Views tengan la impresión de que realmente están en un sitio especial.

A pesar del ambiente idílico, sí hay problemas en el paraíso. Para decirlo sencillamente, Paul tiene un problema. Un problema de monos. En St. Kitts hay muchos monos y se dice que son mucho más numerosos que la población de seres humanos. Los monos Vervet (o verdes) son descendientes de mascotas que llevaron a St. Kitts los colonizadores franceses en los años 1600.

Los monos de Valley Views eran muy bonitos cuando empezaron a frecuentar el huerto del jardín de Paul, pero esa belleza se cayó más rápido que la bolsa de Wall Street el jueves negro cuando el huerto empezó a producir frutas maduras. Y antes de que Paul pudiera decir "Bueno, seré el tío de los monos" se dio cuenta de repente de la magnitud de su dilema. Paul no solamente tenía el mono proverbial en su espalda. Tenía toda una tropa de monos en su jardín - devorando sus frutas variadas y deliciosas.

En cuanto a los monos, no les tomó mucho tiempo darse cuenta de que ellos también tenían un problema: un problema con Paul. Siempre habían actuado basándose en la hipótesis símica de que les pertenecía el huerto, que lo habían heredado de sus antepasados gracias a la ley de los monos llamada **VERVET** (sigla inventada que en inglés quiere decir "válido para comer una variedad de frutas maduras de cada árbol"). Como los primeros colonizadores entendían la importancia de esas leyes y siempre querían vivir en paz con esos monos le pusieron el nombre de Colina de los Monos a la zona alrededor de Valley Views.

A pesar de esas antiguas leyes de los monos parecía inevitable un enfrentamiento de Paul y los monos. Ellos querían, o más bien exigían, tener acceso ilimitado al huerto. Paul, por otra parte, estaba decidido a negarles el acceso libre a los productos de su jardín. Paul no es un tipo poco razonable. En principio estaba de acuerdo con las condiciones generales de la ley de los monos que permitía comer variedades de frutas maduras de cada árbol, y estaba muy dispuesto a compartir el fruto de su trabajo. Pero los monos no entendían la idea de compartir. Sobre todo, era inaceptable su costumbre de morder y tirar. Cogían una fruta, comían uno o dos pedazos y tiraban el resto.

Lamentablemente para Paul, la guerra por el control del huerto se prolongaba. Durante semanas los monos iban, comían todo lo que querían y llenaban el huerto de pedazos de frutas medio comidas. Con su inteligencia, agilidad, rapidez y astucia, tienen un don especial para darse cuenta del momento en que las frutas están maduras, para llegar y comérselas antes de que Paul o los pájaros (invitados bienvenidos de voz melodiosa) se dieran cuenta de que había frutas maduras.

Sobra decir que Paul no estaba contento. Los monos incursores estaban poniendo en peligro su intención de desayunar con frutas todos los días. Había llegado la hora de tener un plan de acción.

Los monos, dirigidos por un macho grande, cada día eran más atrevidos. Ahora regularmente se sentaban contentos en la barandilla del balcón. El macho, grande y amenazador, era algo impresionante. Tenía un tic nervioso. Paul lo llamaba Ticky. El movimiento involuntario de la cabeza le daba un aspecto de matón. Paul pensaba que no le gustaría encontrarse con él solo en un callejón oscuro. A veces se veía a Ticky, un guerrero sin miedo, mirando el interior de la casa a través de las ventanas que daban al huerto; talvez era un invasor de las fuerzas especiales recogiendo información para un gran plan de los monos de entrar a la casa de Paul y robar (o más bien recuperar) todas las frutas que Paul había obtenido ilegalmente en el huerto que a ellos les pertenecía. ¿Acaso Paul no había leído la cláusula especial de la ley VERVET de los monos que dice que ellos tienen el derecho exclusivo a todas las frutas sembradas, producidas, encontradas en (o transportadas a) cualquier lugar dentro del marco de cinco millas de Monkey Hill? Paul buscó la ley VERVET de los monos en Google y descubrió que realmente existía. Sin embargo, contrariamente a lo que pretendían los monos, Paul también descubrió que las disposiciones de esa ley no se referían a todas las frutas sino solamente a los plátanos.

Como la situación se estaba volviendo incontrolable, Paul tuvo que pensar en cómo proteger su propiedad de esos bandidos merodeadores. Talvez debía ponerle una cerca eléctrica al huerto. No con voltaje suficiente para electrocutar a los monos invasores, sino solamente para darles una pequeña descarga eléctrica que los disuadiera de entrar al huerto. Paul pensó que eso no era una mala idea, pero que había que aplazarla debido a los materiales y el tiempo que eso requería, y encontrar un plan que se pudiera aplicar inmediatamente, antes de que se robaran todas las frutas. Así de urgente era resolver el problema de los monos.

Talvez podía construir una trampa y tratar de atrapar un mono, mantenerlo a la vista de todo el mundo en el huerto por unos días para que los otros monos pudieran ser testigos de lo que les sucede a los intrusos. Como Paul nunca había estudiado las costumbres de esos monos de St. Kitts, no podía predecir cómo iban a reaccionar al estar atrapados como medio de disuasión para evitar la invasión diaria a su huerto. Por intuición sabía que eran criaturas muy inteligentes. En ningún momento se hizo la ilusión de que de alguna manera iba a ganar una guerra prolongada contra los monos. De alguna manera sabía que iba a ser muy difícil sacar de la huerta a los monos. Eran demasiado listos y, además, tenían la ventaja crucial del tiempo. Simplemente podían esperar. Sabían que no podía vigilar "su" valioso huerto veinticuatro horas al día. Lo sabían porque, escondidos entre los árboles que estaban más allá de la cerca del huerto, podían ver que Paul y su clan se iban a trabajar y a la escuela todas las mañanas entre las 7:30 y las 8:30. Paul salía en una camioneta blanca, su esposa y su hijo en una buseta gris. De vez en cuando, para tratar de confundir a los monos, Paul se ponía su casco y se iba en su motocicleta.

Después de consultar a sus amigos y colegas que habían tenido toda una serie de experiencias con monos, Paul llegó a la conclusión de que un mono atrapado en su huerto serviría para disuadir a otros monos intrusos. Supuestamente iban a ver que uno de los suyos había perdido la libertad y decidir, en una reunión de emergencia de la comunidad de los monos, que si bien los plátanos de Paul (o de ellos si uno defiende la opinión de los monos) eran los más deliciosos de la isla, el riesgo era demasiado grande. Entonces eliminarían el huerto de Valley Views de su lista de sitios para buscar frutas. Cuanto más reflexionaba sobre la idea de atrapar un mono, tanto más se convencía de que eso tendría resultados positivos. Pero también significaba que iba tener que encontrar el tiempo necesario para construir una trampa.

Quizás podría aprovechar lo que había aprendido recientemente sobre el tiro al blanco. Los monos podrían ser el blanco para practicar. Lo importante era asustarlos para que pensaran que su huerto no era un lugar seguro para merodear. ¿Lo lograría si golpeaba a uno con su flecha? No estaba seguro, pero después de pensarlo durante unos días llegó a la conclusión de que valía la pena intentarlo.

Se presentó la oportunidad un sábado por la tarde cuando desde la ventana de la cocina vio a un mono que se dirigía hacia el árbol de papaya. Bajó rápidamente la escalera para buscar la flecha y el arco y volvió a subir corriendo a su baño, el lugar de la casa que estaba más cerca del árbol de papaya. Debería poder alcanzar su objetivo disparando una vez directamente desde la ventana del baño, que no estaba más lejos que cinco pies del árbol de papaya. Eso era todo lo que necesitaba. Un buen tiro. Tratando de hacer todo lo posible para que no lo viera, Paul se recostó en la pared, al lado derecho de la ventana más cercana. Aunque estaban cerrados los vidrios ligeramente ahumados tenía que tener cuidado porque no quería asustar al mono con su sombra. Podía oír el sonido de los latidos de su corazón. De repente oyó un ruido al otro lado de la ventana. Paul se quedó inmovilizado. Se preguntó si el ruido de los latidos de su corazón le hizo sentir a la presa que había un peligro detrás de la pared del baño. Todavía apoyado en la pared, Paul empezó a abrir lentamente la ventana.

Después de lo que pareció una eternidad, empezó a ver un abrigo de piel gris y verdoso que surgió lentamente, como una fotografía en la cámara oscura. Era el jefe macho en todo su esplendor. Después de abrir un poco más la ventana la foto quedó plenamente desarrollada. Ticky, comiendo papaya, en el hueco de 2x5 pulgadas entre dos vidrios ahumados. Desde tan cerca era todavía más extraordinario. Ticky era tan impresionante que Paul lo tuvo que admirar, pero estaba contento de hacerlo en el lugar relativamente seguro que era su baño. Al observar con más cuidado a esa criatura astuta, consideró maravillosa la habilidad y eficiencia con que se comía la papaya amarilla que sostenía delicadamente con ambas manos.

Al admirar a Ticky, Paul recordó una historia de monos que le había contado recientemente una amiga. Un día había decidido llevar a sus tres niños pequeños a almorzar a la Península del Sudeste, al sitio llamado *Reggae Beach Bar and Grill*. Unos minutos después de llegar con el automóvil a una carretera no asfaltada y llena de polvo había visto un grupo de monos un poco más adelante. Empezó a frenar y acabó estando a cincuenta pies de distancia de ellos antes de parar. El grupo de monos no la dejó pasar. Cuando estaba tratando de decidir qué hacer, el macho más grande (ella pensó que podía ser el mismo jefe de grupo) dio tres pasos en su dirección, se detuvo, se paró en las patas traseras y empezó a mirar el automóvil moviendo la cabeza de un lado al otro, como evaluando el peligro. Ella juraba que cuando estaba parado en sus patas traseras era tan alto como ella. Ella se asustó, les dijo a los niños que cerraran la ventana, puso el automóvil en reversa y regresó así a la seguridad de la carretera asfaltada.

Pero ese no era el momento para recuerdos del pasado ni para rendir un homenaje a este hermoso bandido. Era el momento para darles a Ticky y a su clan una importante lección sobre el peligro de entrar a una propiedad sin permiso. De repente Paul se dio cuenta de que si no actuaba rápidamente iba a perder la oportunidad de darle la lección al mono y agarró su arco. Colocó la flecha en su puesto. Tenía que hacerlo de manera rápida y silenciosa. Con la espalda todavía apoyada contra la pared tiró hacia atrás la cuerda del arco. Haciendo lo posible por no tocar el vidrio, sacó la flecha de aluminio por la pequeña apertura entre los cristales. La flecha tembló un poco porque la tensión del arco en su bíceps, junto con los latidos fuertes de su corazón, hacía que fuera difícil mantener el equilibrio. ¡Ping! La flecha golpeó el vidrio antes de que Paul pudiera apuntar. Ticky, alerta como siempre, volteó la cabeza. Paul supuso que iba a desaparecer enseguida. Pero se sorprendió cuando Ticky se paró en las patas traseras de cara a la ventana. Con su cara plana y negra rodeada de un borde en forma de reloj de arena y de piel gris amarillenta, y con sus ojos marrones claros, que daban la impresión de una gran confianza, realmente estaba dominando su terreno. Durante uno o dos segundos el tiempo se paró mientras Paul y Ticky (ahora sin su tic nervioso) se miraron fijamente en un silencio helado, cada uno sorprendido por el otro. Ticky por la sorpresa de ver a Paul tan cerca apuntándolo con un palo delgado. Paul por la actitud agresiva y sin temor de Ticky. ¿Qué es ese palo? ¿Por qué me apunta con él? Parecía que eso era lo que pensaba Ticky. Paul, por su parte, se preguntaba por qué Ticky no había huido inmediatamente.

Con dolor en los músculos, Paul tiró la cuerda del arco hacia atrás y soltó la flecha. Ticky pegó un grito y se cayó del árbol de papaya. Apenas tocó el suelo se le acercaron tres miembros de su grupo. Con la ayuda de los tres compadres Ticky saltó por encima de la cerca con la flecha todavía en el cuerpo.

Durante las cuatro semanas siguientes no se vio a ningún mono en el huerto. ¿Era el final de las incursiones? Paul tenía la impresión de que iban a volver después de que pasara algún tiempo.

Y de hecho volvieron. No era el grupo de Ticky, sino uno nuevo, más pequeño, formado por un macho grande, una hembra adulta con un pequeño recién nacido y otra hembra joven. ¿Cómo había heredado ese grupo (Paul le puso el nombre de grupo Kool en honor al comportamiento calmado e imperturbable de la hembra mayor) un territorio tan deseado y lleno de frutas? ¿Simplemente llenaban el vacío creado por la desaparición del grupo Ticky o el jefe Kool lo había ganado en una batalla? Paul se preguntaba qué había sucedido con el grupo Ticky. ¿Estaba Ticky gravemente herido? ¿Había muerto? ¿Había sobrevivido y decidido establecer un territorio en un lugar menos peligroso? ¿Si se murió, qué había pasado con el resto del grupo? ¿Se habían unido a otro grupo? Había muchas preguntas, pero muy pocas respuestas. A Paul le hubiera gustado poder dedicarle tiempo a estudiar a esas criaturas fascinantes.

Ahora había que aplicar el otro plan contra los monos invasores. Unos pocos días más tarde Paul estuvo listo para tratar de usar la jaula con trampa, de madera y alambre, de 5x4x6 pulgadas, que había construido recientemente. El mecanismo que hacía funcionar la trampa era sencillo. Cuando un mono entra a la jaula y tira de una fruta, una cuerda unida a la fruta hace que se cierre la puerta de la jaula. Estaba instalada la trampa llena de plátanos maduros. Transcurrieron dos semanas sin que pasara nada. Paul pensó que la trampa estaba demasiado cerca de la casa y decidió alejarla lo más posible y colocarla al lado de la cerca trasera en el lugar más lejano del huerto. Transcurrieron otras dos semanas sin que pasara nada. El problema no era la falta de monos en el huerto. Se podían ver allá todas las mañanas. ¿Cómo podían resistir la tentación de los deliciosos plátanos amarillos que estaban en la jaula? Resultó que era fácil. Paul pronto se dio cuenta de que los monos tenían opciones. También había plátanos deliciosos en los árboles. Teniendo la opción de subir a un árbol de plátano o de entrar a una jaula con una reja de metal, un mono salvaje siempre prefiere subir al árbol. Paul pensó que esos monos siempre le estaban ganando. Decidió cosechar los plátanos maduros antes de que los monos se los comieran todos. Pasaron tres días más y los plátanos de la jaula seguían ahí. Otra cosa eran los plátanos colocados delante de la jaula para tentar a los monos a entrar a la jaula. Todas las mañanas se veía a miembros del grupo Kool sentados cerca de la jaula desayunando tranquilamente con esos plátanos.

Pasaron otros tres días en que siguieron ahí los plátanos de la jaula mientras los que estaban delante de la puerta que era la trampa seguían desapareciendo. Paul no entendía por qué no entraban a la jaula. De repente se dio cuenta. Arrancar los plátanos maduros de los árboles y colocarlos en el suelo para tentar a los monos a entrar a la jaula no funcionaba porque probablemente era otra cosa que los monos no entendían. El mono ve el plátano, el mono come el plátano, pero naturalmente eso sucede solamente si el plátano está en su entorno natural, como un árbol o el suelo. Eso no quiere decir que no entrarían a la casa o a la jaula con trampa a buscar un plátano. Lo harían y a veces lo hacen, pero solamente como último recurso.

En épocas desesperadas cuando la comida escasea los monos harían cosas desesperadas para conseguir comida. Por ahora no era necesario entrar a la jaula con trampa porque en el huerto de Valley Views había varias frutas disponibles. Se podían encontrar en los árboles o, gracias a Paul, en el suelo.

Paul estaba impresionado por la moderación de esos monos. Mientras tanto, el costo en plátanos de tratar de atrapar un mono estaba subiendo mientras el grupo Kool se estaba convirtiendo rápidamente en el grupo de monos mejor alimentados de St. Kitts. Paul se preguntaba si al alimentar a los monos estaba exacerbando su problema de los monos. Talvez le estaba avisando a la comunidad de los monos que el huerto de Valley Views era el lugar para encontrar frutas gratis. Temía que ese fuera el resultado inevitable y no intencional de sus esfuerzos por agarrar un mono. Aunque probablemente no lo admitiría, estaba aumentando poco a poco su frustración por no lograrlo. Para empeorar la situación, la esposa de Paul había insinuado dos días antes que había desaparecido misteriosamente la fruta que había comprado recientemente en el mercado y que estaba segura de que eso estaba relacionado con el esfuerzo de Paul por agarrar a los monos. Paul no quería incriminarse y se negó a responder a la acusación indirecta.

Cambio de estrategia. Se necesitaba un enfoque más lógico. Se acabaron lo plátanos gratis. Paul se aseguró de que los únicos plátanos maduros disponibles para los monos fueran los que estaban en la jaula con trampa. Pasaron cuatro días más sin que nadie tocara los plátanos de la jaula. El quinto día desaparecieron todos los plátanos. ¿Cómo era posible sacar los plátanos sin que se cerrara la trampa? Solamente había una manera de resolver el misterio. Basándose en el libro de la zoóloga Jane Jane Goodall, Paul decidió sacar tiempo para quedarse sentado y observar al grupo Kool. Al día siguiente bajó al sótano a las 6:45 de la mañana, apagó las luces y se sentó al lado de la ventana desde donde podía ver mejor la jaula, colocada estratégicamente al lado de la cerca en el lugar más lejano de la huerta. Desde allí veía bien los árboles que había a lo largo de esa cerca, cuyas ramas son una especie de carretera para los monos. En general Paul sabe cuándo se acerca un grupo de monos por la forma en que se mueven las ramas.

Es algo parecido al movimiento que hay cuando en el estadio de los Yankees los aficionados felicitan a los jugadores, o cuando se mueven las olas del Atlántico durante una tormenta.

A las 7:06 de la mañana el movimiento rítmico de las ramas indicó que el grupo había llegado. Un minuto más tarde un mono se estaba acercando a la jaula en el huerto. Sin dudarlo entró a la jaula, cogió uno de los plátanos, volvió a salir, se sentó apoyándose en una palmera y empezó a pelar y a comer el plátano. Paul se quedó atónito. Había probado numerosas veces el mecanismo de la trampa y había funcionado perfectamente cada vez. Paul era muy bueno para resolver problemas y miró con admiración a ese animalito hábil comiéndose el plátano, mientras se rompía la cabeza tratando de entender por qué no se había cerrado la puerta.

Mientras tanto el mono había terminado de comer el plátano, volvió a entrar lentamente a la jaula, cogió otro plátano y regresó al sitio al lado de la palmera para comérselo. Paul alistó sus binoculares. Si el mono regresaba a buscar un tercer plátano iba a observarlo de cerca y así talvez podría saber por qué dos veces no se activó la trampa. Cuando el mono regresó a la jaula a buscar el tercer plátano los binoculares ya estaban enfocados en los plátanos. Como las otras veces, el mono entró a la trampa, agarró un plátano e inmediatamente volvió a salir. Con el plátano en la mano izquierda subió a la cerca y desapareció entre los árboles.

Paul se demoró unos minutos en procesar lo que acababa de ver. De repente todo quedó claro. Paul había diseñado la trampa para que cuando el mono arrancara un plátano del racimo la tensión en la cuerda bastara para que se cerrara la puerta. Pero en vez de tirar, el mono solamente había movido el plátano de un lado al otro para separarlo del racimo, lo cual no había causado tensión en la cuerda o muy poca. Si Paul hubiera sabido que los monos salvajes no tiran del plátano para separarlo de los demás habría diseñado la trampa de otra manera. Se preguntó cuánto iba a tener que saber del comportamiento de los monos antes de poder agarrar a uno. El último parecía joven. ¿Por qué los demás monos no habían entrado al huerto y habían decidido esperar en los árboles fuera del huerto? ¿Habían enviado al más joven porque era el último en la jerarquía y podían prescindir de él? Paul quería saber más sobre esas criaturas fascinantes, pero por ahora tenía que buscar un nuevo plan.

El método más rápido y más fácil sería observar al mono cuando entra a la jaula y tirar con la mano la cuerda con la que se cierra la puerta de la trampa. Después de manipular el mecanismo quedaron listos los cambios. Paul se despertó temprano la mañana siguiente, listo para agarrar a un mono. El día anterior había amarrado a la puerta de la trampa una cuerda muy larga que se extendía por todo el huerto, a través de los árboles, hasta la ventana del piso inferior de la casa, desde donde se podía ver cuando el mono entraba a la jaula y activar la puerta tirando de la cuerda.

Paul no tuvo que esperar mucho tiempo para ver el movimiento de las ramas que indicaba la llegada del grupo de monos. Ahora venían todos los días puntualmente entre las 7:00 y las 7:15 de la mañana. Un mono (parecía ser la hembra joven) estaba ahora en el huerto, caminando hacia la jaula. Paul agarró la cuerda y estaba listo para atrapar al primer mono. La mona entró a la jaula y, justo antes de que llegara al lugar donde estaban los plátanos, en la parte trasera de la jaula, Paul tiró de la cuerda. Al oír el ruido de la puerta la mona se detuvo, dio media vuelta y empezó a caminar (Paul pensó que lo hacía con demasiada tranquilidad en vista de que de repente estaba presa) hacia la puerta cerrada. Con la mano derecha tocó la puerta de madera, se dio la vuelta, regresó al lugar donde estaban los plátanos, cogió uno, lo peló y empezó a comer. Después de terminar se levantó y empezó a examinar seriamente su problema. Empezó a caminar de un lado a otro en la jaula, tocando los lados, buscando una salida. Como no la encontró, se sentó en la mitad de la jaula y miró de un lado a otro, como buscando una estrategia para salir. Paul pensó que parecía sumamente tranquila para un animal atrapado y se preguntó por qué no estaba en estado de pánico. ¿Esperaba que la liberaran los miembros de su grupo? ¿Sabía que estaba en una trampa? ¿Por qué no gritaba?

Los monos tienen diferentes formas de expresarse oralmente. Cada una tiene un significado especial. Pero esta mona no había emitido ningún sonido desde que se había cerrado la puerta.

Aunque Paul no podía ver ni oír a ningún otro miembro del grupo, sospechaba que estaban escondidos y observaban el drama desde los árboles que estaban fuera del huerto. Paul estaba curioso de ver la reacción de la mona si él se acercaba. Salió de la casa y empezó a dirigirse hacia la jaula. La mona trató de huir apenas lo vio y corrió hacia la malla de alambre. A medida que Paul se acercaba empezó a dar gritos con una voz aguda. Los miembros del grupo que estaban en los árboles respondieron inmediatamente. De repente Paul los vio saltando en las ramas exteriores. Luego empezaron a gritar y a amenazarlo desde arriba. Paul pensó que en cualquier momento iban a saltar de las ramas a la huerta para atacarlo y cogió un palo del suelo por si acaso. Cuando Paul regresó a la casa dejaron de gritar. Paul alimentó y observó a la joven atrapada durante dos días. Durante ese tiempo ningún otro mono entró a la huerta, pero cada vez que él se acercaba a la jaula aparecían de inmediato, dando gritos desde los árboles que estaban fuera de la huerta. Paul estaba realmente impresionado por la lealtad del grupo a la joven prisionera. El que se negaran a abandonar a un miembro de su familia era una gran prueba de su sentido de lo que es la familia y la comunidad.

¿El drama de la mona joven atrapada iba a disuadir a los monos de entrar al huerto a buscar frutas? La respuesta era claramente que NO. El día después de la liberación de la joven volvieron a buscar las frutas. Paul inmediatamente puso unos plátanos maduros en la trampa para ver si habían aprendido la lección. ¿Iban a evitar la jaula a toda costa? Sin duda los monos tenían poca memoria. Si no, los deliciosos plátanos maduros les causaban una amnesia temporal, porque al día siguiente Paul vio a la hembra mayor con el bebé en los brazos. Entró tranquilamente a la jaula, como a un lugar conocido, se sentó y empezó a comer plátanos. Ni siquiera se asustó cuando se cerró la puerta. Solamente se dio cuenta de que estaba encerrada cuando terminó de comer tres plátanos y estaba lista para salir de la jaula. El grupo empezó a gritarle de nuevo a Paul desde los árboles de afuera, mientras la madre cautiva estaba tan tranquila como podía estarlo una madre presa. Abrazó más fuertemente al bebé cuando Paul se acercó, y le dio la espalda, como para esconder al bebé o talvez evitar que trataran de secuestrarlo. Todo eso sin dramatismo ni temor visible. Estaba tan tranquila que hasta cogió unos plátanos y otras frutas de la mano de Paul. Era como si por instinto se obligaba a estar calmada ante el peligro y de esa manera activara una protección materna que debía absorber su bebé vulnerable para no estresarse. A Paul le gustó su estilo y estaba muy impresionado con esa madre atractiva. Al día siguiente la liberó. Durante los meses siguientes no se volvió a ver ningún mono en el huerto. Si bien Paul no podía estar seguro de que la desaparición estaba vinculada a sus esfuerzos, estaba convencido de que finalmente se había acabado todo ese lío de los monos. A primera vista parecía muy contento con la idea de no volver a ver nunca más un mono en su huerto. Sin embargo, sospecho que en secreto Paul extraña las visitas de ese grupo de monos a su huerto.

CAPÍTULO 2

Jeremy

Nunca me explicaron cómo obtuve mi nombre. Tampoco he tratado de averiguarlo porque la verdad es que no importa. Lo importante es que he tenido una buena vida.

Mi nombre es Jeremy y soy un perro cobrador de Brooklyn Heights. No es necesario correr a preguntarle al Sr. Google si existe esa raza canina. Basta decir que no se encuentra en la lista de razas de perros del American Kennel Club. En todo caso, cuando alguien se lo pregunta a mis dueños eso es lo que contestan. Amo a mis padres adoptivos y no creo que ellos dirían mentiras sobre algo tan importante.

Nunca conocí a mis padres biológicos, pero tengo entendido que nací en la escuela de medicina llamada SUNY Downstate Medical School en Brooklyn en 1963. Alguien tuvo la brillante idea de tratar de descubrir si una perra podía dar a luz a un cachorro sano después de que le hubieran sacado el estómago. No los voy a aburrir con los detalles. La respuesta es sí. Mi madre tuvo una camada de perros sanos. A la edad de ocho semanas fui adoptado por el Dr. Francis y su familia, que viven en Brooklyn Heights.

Con el paso de los años he oído murmurar *sotto voce* que en realidad sólo soy un perro callejero. Me siento orgulloso de ese apodo porque el Dr. Francis y su familia son muy cultos y constantemente cuentan historias de mi inteligencia canina. Los quiero muchísimo. En su casa me tratan como a un rey.

Es interesante que al Dr. Francis le gusta decir que un hombre nunca debe ser esclavo de su perro. Oigo que lo dice constantemente a su esposa, a sus hijas y a quien lo quiera escuchar. Si bien el Dr. Francis piensa que soy inteligente, en realidad no soy suficientemente inteligente para saber lo que significa eso. Después de todo, solamente soy un perro. Una cosa que sí sé es que me gusta masticar huesos. Hay ciertos huesos que me encantan. No un hueso cualquiera.

Con frecuencia paso horas, días y a veces hasta semanas tratando de sacar la médula ósea de un hueso de cordero. Al Dr. Francis no le gusta verme pelear con mi hueso y en general acaba sacando la médula ósea sabrosa para mí con un pincho.

También me gustan mucho las uvas. ¡Me encantan! Dirán que eso es extraño para un perro. Pero sí, soy un perro al que le gustan las uvas. Sin embargo, comer uvas es un problema. Siempre se me pega la piel en algún lugar de la boca. A veces la vida es muy difícil para nosotros los perros. No es bonito verme tratando de sacar la piel de una uva de entre los dientes. El Dr. Francis es el mejor dueño que puede tener un perro. Recientemente ha empezado a pelar las uvas y a sacarles las pepas para mí. Dice que es demasiado doloroso ver los movimientos convulsivos de mis labios, mi lengua, mis mejillas y mi rostro. Ustedes, los seres humanos, tienen la bendición de tener un dedo pulgar flexible que facilita las cosas. Podría seguir citando ejemplos de casos en que el Dr. Francis no es esclavo de su perro, pero creo que ustedes ya entienden la situación.

No recuerdo mucho de mis primeros días con la familia Francis. Eso se entiende porque apenas tenía ocho semanas de edad cuando llegué a su casa. Él les dice a sus amigos que entendí rapidísimo las reglas de la casa. Ahora todavía me felicitan por haber aprendido tan rápido a no orinar ni cagar en las alfombras. El Dr. Francis y su familia todavía cuentan historias sobre lo rápido que aprendí que el único lugar apropiado para hacerlo es afuera. Y no en cualquier lugar. Me entrenaron a hacerlo en la alcantarilla y no en la acera. Por razones que no he podido entender, a los seres humanos no les gusta ver ni oler la orina y la caca de los perros al salir o al entrar a su hogar. Esa es una de las principales diferencias entre los perros y los seres humanos. Nosotros podemos hacer nuestras necesidades en cualquier lugar. No me entiendan mal. No me quejo de que mi familia humana lo hace adentro mientras que yo lo tengo que hacer afuera. Al contrario. Me gusta ese arreglo. Me da la oportunidad de estirar un poco las piernas. Digo "un poco" porque no puedo estirar mucho las piernas al estar amarrado a una correa, pero esa es la vida de los perros. Pero me gusta que me salguen, no solo porque tengo que hacer algo urgente, sino porque tengo otras cosas importantes que hacer - como cubrir el olor de la orina de otros perros del barrio que lo único que quieren es cubrir mis rastros más recientes. Les sorprendería saber cuántos perros han orinado encima de mis rastros olorosos desde la última vez que estuve afuera, hace menos de veinticuatro horas. Cubrir tantos olores es aburrido y no hay mucho tiempo para hacerlo. Me gustaría cubrirlos todos, por lo menos una vez en la vida.

Una de las cosas que más me gusta hacer con mis padres adoptivos en el verano es ir a navegar. Todos nos metemos en la camioneta y el Dr. Francis nos lleva al *Mirage Boat Club* en Sheepshead Bay donde está anclado su barco de vela llamado Olokon. Nos hemos divertido muchísimo navegando por la bahía, pasando con frecuencia por las playas de Manhattan y de Coney Island.

¿Mencioné que navegar con el Dr. Francis es una gran experiencia? Me pasa algo muy extraño cada vez que descubro que vamos a ir a navegar. Apenas veo que el Dr. Francis baja al sótano a buscar el equipo para navegar, por ejemplo, el foque, el timón, el conjunto de palos y velas, me vuelvo loco de alegría y empiezo a subir y a bajar corriendo las escaleras y corro por toda la casa ladrando y brincando como un perro loco. Literalmente me convierto en un perro de Pavlov, con mi reacción animada y frenética al ver y oler todo el equipo de navegación. Antes de subir a la camioneta para ir al club de navegación siento la maravillosa sensación del aire salado en mis pulmones cuando levanto la nariz hacia el viento. Hasta he saltado por la ventana de la camioneta delante del club y me he ido a sentar delante de la puerta a esperar impacientemente que el Dr. Francis regrese de estacionar el automóvil. Me siento tan entusiasmado que en general soy el primero que salta del muelle al barco Olokon. En general también soy el primero (en realidad el único) que vomita apenas el Olokon se aleja del embarcadero. Tengo un estómago sensible. No sé qué más puedo decir.

El evento que en general representa el primer día del verano para nuestra familia es cuando a finales de junio o comienzos de julio el Dr. Francis lleva el barco desde el puerto del sitio donde está durante el invierno, en Mill Basin, al *Mirage Boat Club* en Sheepshead Bay.

Siempre es una aventura navegar con el Dr. Francis y su familia. Un año, al comienzo de la estación de navegación, una de sus hijas y yo lo acompañamos a él y a su esposa a Mill Basin para buscar el barco. Era un hermoso día soleado. El Dr. Francis dijo que era "un excelente día para navegar." No puedo decir que soy un marinero, pero me encanta navegar con el Dr. Francis. Me gusta tanto estar en el océano como perseguir a las golondrinas.

Como de costumbre, apenas salimos del embarcadero vacié mi estómago en el suelo de la cabina. No tengo ni idea por qué sucede eso. No hay que preocuparse. Mi familia sabe que tiendo a hacer eso al comienzo de cada paseo en barco y siempre está preparada.

En el tiempo que toma mover dos veces la cola de un perro todo está limpio otra vez.

El Dr. Francis no solamente es mi mejor amigo. También es un gran marinero, un gran capitán y tiene reglas muy estrictas en el barco. Espera que sus órdenes se cumplan *toute suite* (enseguida) porque en la comunidad de los que navegan es importante dar una buena impresión en el agua. Si la tripulación no responde rápidamente el barco puede acabar en el hierro. A pesar de mi limitado conocimiento del inglés, cuando el Dr. Francis grita que hay que sacar el foque y ajustar las velas yo en general corro a ayudar y a veces me tropiezo con otro miembro de la tripulación.

Siempre me ha impresionado el Dr. Francis como navegador. Como soy un perro, nunca estoy seguro de entender muy bien el inglés, pero sí estoy seguro de haber oído decir que durante la segunda guerra mundial fue oficial de la marina de los Estados Unidos.

Dr. Francis tomó el mando cuando navegamos hacia el sur de la marina de *East Horse Basin* y luego seguimos hacia el oriente debajo del Belt Parkway y entramos a la cuenca (*Horse Basin*). Media hora después seguimos hacia el sur a Jamaica Bay y pasamos por Floyd Bennet Field y el Centro del Cuerpo de la Marina de los Estados Unidos al lado derecho. La marea estaba creciendo y era urgente llegar al puente (Marine Parkway Bridge), un puente que se levanta y que cubre el estrecho de Rockaway y conecta la Península de Rockaway con la zona Marine Park de Brooklyn. El Dr. Francis explicó que íbamos a perder mucho tiempo para llegar al club de Sheepshead Bay si al llegar al puente la marea estaba demasiado alta para pasar. Prefería no detenerse para esperar que levantaran el puente.

Cuando llegamos al puente se decidió que todavía había una pequeña oportunidad de pasar por debajo. El Dr. Francis pitó con la bocina de aire para indicar que íbamos a pasar y la persona encargada del puente señaló que siguiéramos. Cuando estábamos debajo de la mitad del puente se oyó un sonido fuerte y hubo una sacudida cuando la parte superior del mástil quedó atrapada en la reja metálica del puente.

No puedo hablar en nombre de otros perros, pero es muy angustioso ver la destrucción del amo y su familia. Es cierto lo que se dice de nosotros. Tenemos la capacidad de oler el miedo y hasta el temor mínimo de los seres humanos que nos alimentan, nos llevan a pasear y nos miman. Todos los que estaban en el barco se quedaron callados al darse cuenta de que el mástil estaba trabado bajo el puente. Todos menos yo. No sé por qué, pero mi reacción natural en una situación como esa es hacer mucho ruido. El que me pidieran que me callara me hizo ladrar todavía más duro y ponerme más frenético. El ladrar frenéticamente por lo general ayuda en esas situaciones.

La persona encargada del puente tuvo la presencia de ánimo de bajar enseguida las barras y detener el tráfico de los trenes y de los automóviles en ambas direcciones. Le dijo a gritos al Dr. Francis que encendiera el motor fueraborda y tratara de resolver el problema con fuerza mientras él al mismo tiempo empujaba hacia abajo la parte superior del mástil para sacarlo de la red metálica. Cuando liberó el barco amarró una cuerda a la parte superior del mástil y pidió ayuda a un barco de motor de la zona para tirar hacia abajo la parte superior del mástil.

Durante todo ese tiempo yo estaba corriendo de un lado al otro, ladrando lo más fuerte que podía. Los seres humanos se refieren a ese tipo de comportamiento como perder el control. Cuanto más se inclinaba el Olokon y se acercaba el momento en que nos íbamos a caer al agua tanto más frenéticamente ladraba. Unos minutos más tarde, el barco inclinado con el mástil casi en posición de noventa grados de repente se separó del puente y salimos al otro lado. El movimiento repentino del mástil al enderezarse me asustó tanto que estuve loco unos minutos más antes de darme cuenta de que ya no estábamos atrapados, sino que estábamos a salvo al otro lado del puente.

El Dr. Francis en forma competente orientó el Olokon hacia el viento mientras dos gaviotas volaban por encima. Pronto la vela estaba recibiendo el impulso del viento que eliminó toda la ansiedad del desastre que se había esperado. Seguimos directamente las dos millas náuticas hacia el noroeste y una hora más tarde estábamos anclando el Olokon en su puesto en el *Mirage Boat Club*.

CAPÍTULO 3

Obertura en el Jardín

Era uno de esos días perfectos de verano de Martha's Vineyard. El cielo azul y soleado con una serie de nubes flotando lentamente por la región. La temperatura era agradable, alrededor de 80 grados Fahrenheit, y una brisa suave que venía del norte sacudía las hojas de los árboles del jardín.

La casa de verano alquilada en Katama parecía estar a una distancia de años luz de mi apartamento de Manhattan. Un entorno bucólico en el que no sonaba el teléfono y la playa estaba a una distancia de diez minutos en bicicleta. Sería la primera oportunidad del año para relajarme, recuperarme, reevaluar, reflexionar y recuperar la energía después de terminar mi primer año como administrador de la escuela secundaria y supervisor del programa de verano de la escuela primaria. Desde adentro podía oír los cantos alegres de múltiples voces de una orquesta de pájaros. Una oda a los dioses del clima que nos habían dado la bendición de un tiempo perfecto. Algo alentador, especialmente en el contexto de las recientes semanas grises y lluviosas de julio.

Miré de manera perezosa por la ventana para ver el concierto de las aves. El comedero del jardín parecía ser el escenario. Fascinado por la música de ese grupo improvisado, decidí encontrar un asiento, de ser posible en la primera fila, un lugar para observar de cerca a los músicos. Con el libro en la mano fui a buscar la *chaise lounge* que estaba en un rincón del jardín, cerca de un pino alto, a unos 20 pies del comedero de los pájaros. Era la única manera de llegar a mi puesto sin interrumpir la función - y no había un intermedio después del primer movimiento para que se sentaran los que llegaban tarde. Haría lo posible por llegar a mi puesto sin interrumpir el concierto. Naturalmente, al abrir la puerta trasera hubo un fuerte aleteo de pájaros que se iban a refugiar en los árboles cercanos. Talvez si yo me quedaba sentado tranquilamente ellos dentro de un rato perdonarían mi falta de etiqueta y volverían al escenario a continuar con el concierto. Unos minutos más tarde, como músicos muertos de hambre que van a recibir comida gratis, empezaron a regresar uno tras otro al comedero.

Poco después pude escuchar una sinfonía cacofónica pero agradable cuando estos músicos con alas compitieron por los puestos en el comedero del jardín. A primera vista, o más bien al empezar a escuchar (la gran variedad de pájaros hacía que fuera un regalo para la vista y para los oídos) parecía que el escenario de este espectáculo era el comedero de los pájaros. Pronto me di cuenta de que diferentes canciones y llamados provenían de muchos sitios ocultos de los árboles del jardín. Era una especie de concierto virtual en que el comedero era el escenario principal y había músicos en sitios ocultos repitiendo temas y ritmos que creaban la ilusión de un sonido envolvente.

El contratista había reunido a un grupo de músicos realmente multifacético. Como yo no era un experto conocedor de pájaros, no podía identificar todos los sonidos que llegaban a mis oídos. Sin embargo, entre los que fueron centro de atención en la cerca y en el suelo - con la ayuda de la información que tenía en la publicación sobre aves norteamericanas llamada *Field Guide to the Birds of North America* pude identificar carboneros de corona negra, cardenales del norte, arrendajos, zorzales, gorriones comunes, gorriones coliblancos, tórtolas, gorriones domésticos, canarios y colibríes.

Después de escuchar y observar se me ocurrió de repente que no se trataba de un concierto sino de un encuentro de improvisación musical. Talvez era por la forma en que los músicos entraban y salían del escenario. De vez en cuando unos reemplazaban a otros. Esporádicamente había peleas por el derecho a estar en el escenario principal del comedero. Algunos, como los arrendajos mandones, tenían acceso todo el tiempo, mientras otros tenían que esperar su turno o robarse la oportunidad de estar en el comedero. Parecía haber un sistema jerárquico que determinaba las idas y venidas de los diferentes tipos de músicos. Y durante todo el concierto oí la música de fondo de varios músicos tímidos que nunca se dejaron ver. Solamente pude reconocer dos sonidos: el sonido triste de las tórtolas y los alaridos inconfundibles de un búho.

De repente dos hembras de los cardenales del norte aparecieron en el suelo debajo del comedero y empezaron a comer semillas que se estaban cayendo del comedero ocupado que estaba encima. Con las crestas y alas de color rojizo y marrón y su postura elegante era extraño verlas recoger semillas del suelo. Al ladear la cabeza, mirando con desprecio hacia sus picos amarillos, daban la impresión de ser demasiado sofisticadas para participar en esa reunión de improvisación musical del comedero.

Un rato después me distrajo una ardilla gris que se unió a las hembras cardenales que estaban comiendo en el suelo. En la mitad del palo que sostenía el comedero había un recipiente volteado, colocado ahí de manera estratégica para que las ardillas merodeadoras no pudieran llegar al comedero. Me pregunté si alguna vez había intentado subir. Hoy no era necesario porque había muchas cosas en el suelo. Las ardillas son criaturas muy astutas, ágiles e inteligentes - realmente amos de su universo. Son como acróbatas chinos y atletas muy bien entrenados que van del suelo a la parte superior de los árboles con una facilidad que desafía la fuerza de la gravedad, sin paralelo en el reino de los animales. Ni siquiera miró para arriba para ver todas las semillas y los granos que estaban colgados en el comedero.

De manera meticulosa metió la cabeza en el pasto, recogió las semillas con las patas delanteras, se sentó en las traseras para poder ver todo lo que estaba alrededor (una técnica de supervivencia gracias a la cual es prácticamente imposible acercarse sigilosamente a una ardilla) y empezó a comer. Mientras observaba maravillado la eficiencia con que comía y sus escasos movimientos, me preguntaba si estaba gozando de la obertura de ese conjunto improvisado en el jardín. Como para responder a mi pregunta de si le gustaba la música, movió la cola, cogió unas semillas más y siguió masticando.

Yo estaba estudiando sus movimientos furtivos cuando de repente se oyó un gran alboroto de agitación de alas. De repente todos los músicos habían desaparecido para ocultarse en los árboles y arbustos cercanos. No se veía ningún pájaro. Siguió un silencio total. Era como si alguien hubiera cancelado de repente el concierto. Me recordó una noche de verano de los años setenta. Yo estaba en Avery Fisher Hall en un concierto de Boz Skaggs cuando de repente se detuvo la música. Hubo un apagón que paralizó la ciudad durante casi 24 horas. Ahora hasta la ardilla tan segura de sí misma había desaparecido. Pensé que sin duda algo los había asustado. Unos segundos después miré hacia arriba y vi un halcón de cola roja volando de un lado al otro encima del jardín.

Apenas diez minutos después de haber desaparecido el halcón todo el mundo estaba suficientemente tranquilo para regresar al escenario. Yo todavía estaba pensando en el reciente drama del halcón cuando vi a mi ardilla corriendo por las ramas superiores del árbol del vecino. Se volteó hacia la izquierda en una rama que estaba encima de la casa, saltó por encima de la cerca y aterrizó en el techo. La estaba persiguiendo un gato siamés (probablemente del vecino) que saltó por encima de la cerca y aterrizó en la mesa de picnic al lado de la casa. Parecía haber querido cazar una ardilla. Estuvo mirando fijamente el tejado de la casa durante por lo menos cuatro minutos, moviendo la cola, entusiasmado con la idea de la cacería. Pero la ardilla había desaparecido hace rato.

Finalmente dejó de interesarse por la ardilla y decidió meterse debajo de las ramas bajas del pino cercano. El movimiento de la cola y de las orejas daba la impresión de que estaba molesto por no haber podido agarrar a la ardilla. Parecía decidido a agarrar algo, cualquier cosa viva que pudiera alcanzar con sus garras. Mientras estaba sentado en el jardín observando este drama se me ocurrió que no se había dado cuenta de mi presencia. Decidí no llamar la atención.

Era mejor que él me descubriera. Al expeler el aire aspirado me di cuenta de que había estado conteniendo la respiración. Al esforzarme por no interrumpir (de nuevo) el concierto y con todo este drama, yo había permanecido en la misma posición, con las piernas cruzadas y el libro abierto sobre las rodillas. Pensándolo bien, esto talvez no era un concierto ni una reunión de improvisación musical sino una ópera. En todo caso había suficientes dramas y vicisitudes (para no mencionar escenas de vida y muerte) para satisfacer a cualquier aficionado de Pucini.

Pronto todo volvió a ser normal cuando poco a poco los pájaros volvieron a cantar y a llamarse unos a otros y volvieron a pelear por los puestos en el comedero. Decidí dedicarle un rato a mi libro. No recuerdo cuánto tiempo había estado leyendo cuando el gato de repente dio un maullido angustioso, aparentemente sorprendido al descubrir de repente mi presencia.

Tratando de no mover la cabeza levanté la vista del libro y lo vi paralizado a unos diez pies de distancia, mirándome fijamente. Tenía ojos de color gris y azul que miraban fijamente los míos. Parecía tratar de decidir si yo era un enano gigante del jardín o un ser vivo. Le devolví la mirada, haciendo lo posible por no mover ni un músculo. Eso parecía ponerlo nervioso. Volvió a maullar, de manera todavía más amenazadora, para ver si yo reaccionaba. No lo hice. Parece que eso lo dejó aún más confundido. La curiosidad tiene que matar al gato, pero de alguna manera iba a saber que soy un ser vivo. Se acercó lentamente, moviéndose poco a poco hacia atrás y hacia adelante. A cinco pies de distancia levantó la nariz para ver si olía a ser humano. Yo seguí inmóvil. Decidido a no renunciar se acercó lentamente a mi *chaise lounge* y olió mis mocasines.

Decidí que lo había torturado lo suficiente. Separé mis piernas. El gato, sorprendido, por mi movimiento repentino, dio un salto de cinco pies al aire, maullando durísimo. Apenas aterrizó en el suelo empezó a maullar afectuosamente. Lo invité a acercarse para acariciar su cabeza. En un instante estuvo a mi lado. Sin pensar en presentarse formalmente subió a mi regazo, ronroneando suavemente.

Todo estaba bien. Un gato siamés extraño estaba sentado en mis rodillas, ronroneando feliz, y mis aves amigas seguían con su música armoniosa. Realmente era un día de verano perfecto.

CAPÍTULO 4

Vacaciones en el Caribe

Durante muchos años mi esposa Bárbara y sus padres contaron historias maravillosas sobre sus numerosas aventuras del decenio de 1970 cuando navegaron por el Adriático, recorrieron España en automóvil, hicieron compras en los mercados de Marrakech y tomaron el metro en Moscú, para citar algunos ejemplos. Dos de mis historias favoritas son la de la vez en que un príncipe de Marruecos le ofreció a la madre de Bárbara como dote diez caballos, joyas, seis camellos y una serie de otros animales, y la de cuando en Moscú Bárbara tenía un peinado estilo afro de los que se usaban en la época de 1960 y la confundieron varias veces con Angela Davies, la activista política que era miembro del grupo "Black Panthers".

Ahora los viajes de Bárbara ya no son paseos exóticos con su padre, que tiene 92 años y usa una silla de ruedas, y su madre, que tiene 88 años y sobrevivió una operación cardíaca de cuádruple baipás coronario. Ahora los acompaña en lo que el siquiatra de Harvard George Valliant llama "el campo minado del envejecimiento".

Cuidar a padres ancianos afecta muchísimo hasta a los que mejor lo hacen. Era inspirador cómo lo hacía ella sin olvidar sus compromisos profesionales. Se esforzaba constantemente por que sus padres pudieran mantener un nivel de vida de calidad relativamente buena. Cuando el padre ya no podía caminar se esforzó por ayudarle y, entre otras cosas, aprendió muy bien a trasladarlo de un lugar a otro - de la cama a la silla de ruedas, de la silla de ruedas al automóvil, del automóvil a la silla de ruedas, etc. Gracias a los esfuerzos sobrehumanos de Bárbara los padres siguieron gozando de muchas cosas que siempre les habían gustado, por ejemplo, ir a conciertos, a museos, a restaurantes, reunirse con amigos, etc., durante mucho más tiempo de lo que hubiera parecido posible

Durante todo ese tiempo yo traté de ser un marido comprensivo y siempre buscaba la forma de ayudar a mitigar la carga que Bárbara llevaba de manera tan generosa. Sí, me preocupaba que ella hacía demasiado y que necesitaba un descanso del compromiso emocionalmente y físicamente agotador de cuidar a sus padres. Le harían mucho bien unas breves vacaciones.

"¿Te gustaría ir a St. Kitts a pasar una semana en la playa?", le pregunté, sabiendo que como le encantaba la playa no iba a poder decir que no.

Ella contestó: "Me parece una buenísima idea; ¿te puedo contestar mañana?" "Claro que sí", dije, contento de que estaba dispuesta a considerar una escapada tan refrescante.

Dos días después, con una sonrisa de oreja a oreja, Bárbara me saludó diciendo: "¿sabes qué?, hablé con mis padres y les encantaría ir con nosotros."

Me quedé atónito. Yo quería mucho a mis suegros, pero la idea de viajar con el padre de 92 años de edad, sentado en una silla de ruedas, y con la madre de 88 años de edad, cuatro años después de la cirugía cardíaca, no me mataba de alegría. Simplemente me quedé mirándola, sin saber cómo contestar, pues no me cabía en la cabeza imaginar los enormes problemas de logística que eso implicaba. La voz dentro de mi cerebro gritaba: "¿Estás loca? ¿Has perdido la cabeza?". Lo que se escapó de mi boca en forma patética y poco sincera fue: "Claro, querida, es una idea maravillosa." Pero Bárbara se dio cuenta de mi temor y mi actitud negativa. Dijo: "No te preocupes, todo saldrá bien. Mis padres tienen muchos deseos de ver St. Kitts."

Yo no sabía qué hacer. No quería desilusionar a mis suegros, pero no veía cómo podía ser posible ese viaje. El padre no podía caminar y la madre solamente podía dar unos pocos pasos antes de tener que parar y descansar debido a su enfermedad cardíaca. No había vuelos sin escalas desde Nueva York y viajar con dos ancianos en sillas de ruedas sería un reto enorme. Además, había que pensar en una cantidad de equipaje adicional para llevar todas las cosas que ellos necesitaban. Ese viaje empezaba a parecer un despliegue militar. Intenté demostrarle a Bárbara que era un ejemplo perfecto de una mala idea con la apariencia de un pensamiento maravilloso. Durante los próximos días ella y yo discutimos sobre la logística. Cada vez que yo le planteaba un problema práctico ella respondía con una solución que me parecía errónea.

A pesar de mis dudas y con gran ansiedad finalmente decidí intentarlo. Tenía que apretarme el cinturón y no pensar en los posibles obstáculos. A pesar de mi angustia, en el subconsciente sentía que con el ánimo y la fuerza de voluntad de Bárbara a lo mejor todo iba a salir bien.

La semana que pasamos en St. Kitts fue maravillosa, difícil, sin desastres y llena de recompensas sicológicas. La única "dificultad" real no se debió a tener que empujar las sillas de ruedas y cargar mucho equipaje, sino a la aparente atención constante y no deseada que atraíamos. Como soy reservado por naturaleza prefiero la soledad aparente que conlleva el ser discreto en público.

Me sentía incómodo con las constantes miradas con que parecían juzgarnos (talvez a veces eran señal de aprobación; yo no lo podía saber). Odiaba aún más las preguntas y los comentarios hechos con buena intención que a veces me hacían sentir inseguro. Cuando una mujer en el aeropuerto La Guardia me dijo, "Ustedes dos serán eternamente benditos", sentí que no merecía esa aprobación. Éramos algo anormal y algunas personas pensaban que tenían que hacernos sentir así. Fue demasiado cuando alguien insinuó que Bárbara y yo éramos candidatos para ser santos.

Al pensar ahora en esos días está claro que logramos algo que parecía imposible gracias a la fuerza de espíritu inquebrantable de Bárbara, que le permite ver las posibilidades cuando algo parece imposible.

Hace tiempo que desaparecieron los callos que tuve en las manos después una semana de empujar sillas de ruedas en una isla hermosa pero no fácil para las sillas de ruedas. Ahora me esfuerzo por superar las limitaciones que siento y le estaré eternamente agradecido a Bárbara y a sus padres por haberme dado la oportunidad de compartir ese viaje tan especial.

CAPÍTULO 5

Mi Viejo y el Mar

Como todos los días, para hacer ejercicio monté en bicicleta por la ladera de Mt. Olives. Es un lugar difícil para montar en bicicleta, pero gracias a la topografía fue un ejercicio cardiovascular intensivo. Los músculos adoloridos son un elíxir para todo lo que me duele en el corazón.

Como era el genealogista de la familia, fui a ver los archivos de la iglesia anglicana llamada George's Anglican Church en Nevis y me sentí transportado al pasado. ¡Qué maravilla! De alguna manera, entrar a la cápsula del tiempo y regresar al decenio de 1850 es mucho más divertido y emocionalmente menos doloroso que examinar todas las cosas que hay en la casa de mi papá. Una casa que construyó con sus propias manos. Una casa llena de recuerdos de la infancia unidos de manera inseparable a los restos de su vida terrenal.

¡Primero de mayo de 1857! ¡Ahí estaba, escrito de manera elegante en papel amarillento por el paso del tiempo! Hacía exactamente ciento cincuenta y cinco años. ¡Era el certificado de bautismo de mi bisabuelo!

¿Dónde me podía consolar?

El mar del Caribe me invitaba. Intenté, sin lograrlo, ignorar su llamada. Pequeñas olas me golpeaban suavemente en los tobillos cuando entré al agua para nadar. A las siete de la mañana no había nadie más ahí. Dentro de media hora esa entrada del mar con su arena volcánica negra iba a estar directamente bajo los rayos del sol, que ya se asomaba tras la cadena montañosa. Entregado totalmente a la bucólica belleza y serenidad de ese lugar tan poco utilizado, por un momento olvidé que me encontraba en las aguas crueles de la playa Bird Rock, el lugar donde mi papá se había ahogado de manera repentina e inexplicable.

Talvez era el agua cristalina que brillaba con el reflejo de la luz suave de la mañana; talvez era el murmullo hipnótico y rítmico de las pequeñas olas que chocaban suavemente con la costa. Talvez, solamente talvez, la gran tranquilidad que me envolvió mientras nadaba - una calma que mitigaba el dolor - era un regalo especial que me hacía Poseidón. Una paz ofrecida por las mismas aguas que literalmente se habían llevado el último soplo de vida de mi papá.

Atraído por una fuerza invisible, regresé una y otra vez, para sentirme consolado y abrazado estrechamente por ese mar asesino, que da vida y es reparador.

CAPÍTULO 6

EL Espectáculo de Pedro

Estaba sentado en mi oficina organizando con diligencia el horario de supervisión de estudiantes del día siguiente cuando llegó a mis oídos el sonido de voces furiosas. El estrépito provenía del corredor, a dos puertas de distancia. Al acercarme al lugar del disturbio, inmediatamente pude identificar el sonido de la voz inconfundible de Pedro. No era inconfundible por el sonido o el tono especial, sino más bien por el estilo.

Al llegar a la sala de clase naturalmente ahí estaba Pedro haciéndose oír. Me detuve un momento al lado de la puerta para ver el espectáculo. ¡Realmente era un espectáculo! Él era el único alumno que estaba de pie, al lado de una mesa caída. Sus compañeros de clase estaban sentados, callados, mirándolo. Traté de interpretar lo que veía en los rostros silenciosos de su público atento. La profesora estaba de pie dándole la espalda al tablero y con la tiza en la mano, con una expresión de resignación y disgusto en el rostro. Daba la impresión de que ya había visto antes la actuación de Pedro, pero que esta vez era algo más intenso y teatral. Realmente era un *tour de force* (esfuerzo grande). Los compañeros de clase daban la impresión de estar viendo (una vez más) algo de lo que ya estaban cansados o de sentir curiosidad en cuanto a la estabilidad mental del que estaba hablando.

El ataque de Pedro se dirigía a una compañera que supuestamente había pisado su cuaderno que se había caído al suelo. La diatriba duró aproximadamente dos minutos - un monólogo con todas las groserías imaginables. El hecho de que el vicerrector estaba parado al lado de la puerta con los brazos cruzados, observando la escena, no lo desconcertó. Las groserías y palabrotas salían de su boca con increíble fluidez y facilidad. Su monólogo contenía todas las palabras habituales como hija de puta, jodona y otras que mis oídos poco cultos no conocían.

Le pedí a Pedro que saliera de la habitación y fuera a mi oficina. Yo me preparé. Al pasar por mi lado lanzó otra serie de obscenidades para completar el cuadro.

En términos generales Pedro es un alumno normal de octavo grado, un chico de catorce años que tiende a usar un lenguaje grosero. En eso es un profesional muy competente. Es el mejor alumno grosero de catorce años que he conocido. Lo interesante es que Pedro no es un muchacho violento. Es un chico con cara regordeta y una sonrisa encantadora cuyo comportamiento en general es lo contrario de la forma vulgar en que se expresa.

Nunca tiene peleas orales o físicas con otros muchachos - sabe que todos ellos pueden agarrarlo a patadas y prefiere la compaña de las chicas, sobre todo las que son miembros del club de chismosas. Con frecuencia, cuando hay conflictos entre las chicas del octavo grado, lo cual sucede en promedio dos veces al día, el nombre de Pedro siempre se menciona.

Ese mismo año escolar yo ya había llamado a la madre de Pedro para mencionarle su forma de hablar grosera. Apenas me presenté me saludó diciendo: "¿Qué carajo hizo ahora?". Debo admitir que en todos los años que he trabajado en asuntos de educación y en las innumerables conversaciones telefónicas que he tenido con los padres nunca me había pasado eso. Me sorprendió la naturaleza violenta de sus palabras. Le señalé con calma que yo no hablo de esa manera y que, por lo tanto, le agradecería que no fuera grosera. Me explicó enseguida que a pesar de las palabras que había usado no me estaba insultando a mí. Aclararlo era muy importante para ella. Debo reconocer que posteriormente durante la conversación se disculpó diciendo: "Sr. Simmonds, debe entender que así es como hablamos en nuestro barrio."

Pedro usa la misma explicación cuando lo regaño por ser grosero innecesariamente. Después de la conversación con la madre me pareció claro que no iba a ser fácil rehabilitar a Pedro.

Le entregué a Pedro una carta para que la llevara a su casa y me aseguré de que había entendido que cuando regresara a la escuela debía venir acompañado de una persona adulta responsable. Me indicó que la hermana iba a venir a hablar conmigo. La última persona adulta que había ido a la escuela en nombre de Pedro había sido una hermana que tenía aproximadamente veinticinco años de edad. Recordaba que había tratado bien a Pedro y había dicho lo correcto. En secreto esperaba que esta vez fuera la misma.

Al día siguiente, que era viernes, cuando estaban llegando los alumnos vi a Pedro que se me acercaba solo. Le pregunté si alguien había venido con él. Dijo: "No, mi hermana no está y no puede venir antes del lunes". "En ese caso tienes que volver ahora mismo a tu casa y regresar con una persona adulta. Creí que estaba claro que no podías regresar solo", dije.

Fuimos a la oficina principal a llamar a la hermana. Yo sabía que Pedro tenía cinco hermanas mayores de veinticinco años. Nadie contestó.

Le dije: "Tienes que quedarte sentado en la oficina hasta que la secretaria lograre hablar con alguien de tu casa", y salí de la oficina sin hacer caso a su protesta.

Dos horas después la secretaria me dijo que la hermana estaba en el teléfono. Aparentemente Pedro se había ido sin permiso a la casa de la hermana a contarle su triste historia. Cogí el teléfono y antes de poder decir nada ya oí una serie de obscenidades. Según ella, yo había sido injusto con su hermano al obligarlo a irse a la calle sin permitir que llamara a un pariente.

Todos mis intentos por describir lo que realmente sucedió fueron interrumpidos por otra serie de groserías. Cuando estaba a punto de decidir que iba a colgar el teléfono ella lanzó una serie de improperios. Era algo notable. Conté que dijo ocho veces seguidas "¡J***r!" a toda velocidad antes de que yo acabara de colgar. Inmediatamente tuve dudas en cuanto a haber interrumpido la conversación con ella. Podía haber sido interesante oír toda la gama de insultos. Seguro era una de las hermanas que yo no conocía. La que había conocido era relativamente sofisticada. No podía ser la misma. Por lo menos eso esperaba.

Pasaron otros dos días hasta que la secretaria me dijo que Pedro y su hermana me estaban esperando en la oficina principal. Era el día de los exámenes estatales y yo no tenía tiempo ni ganas de hablar con Pedro y su familia. Sentí que se aceleraban los latidos de mi corazón. ¿Cuál de las hermanas era? Definitivamente no estaba con ánimos para escuchar más insultos inútiles. Este uso violento del idioma siempre me afecta muchísimo. Me deja física y emocionalmente agotado. Estaba tan abrumado por el trabajo administrativo que tenía que hacer después de los exámenes que pronto olvidé que me estaban esperando. Dentro de una hora iba a tener que entregar todo lo relacionado con los exámenes a la oficina del distrito.

Cuarenta y cinco minutos más tarde todavía estaba totalmente involucrado en el papeleo cuando Pedro y su hermana, cansados de esperarme, entraron a mi oficina. Era la hermana no brusca y relativamente sofisticada. ¡Gracias a Dios! No podía ser la misma que había sido tan desagradable por teléfono. ¿O sí? Ya no estaba seguro. Los invité a tomar asiento. Les dije lo que se sabía desde el día en que Pedro había presentado su gran espectáculo para sus compañeros de clase. La paciencia y la serenidad de la hermana al escucharme me hicieron sentir que esa iba a ser una conversación productiva. Era la hermana correcta. Ahora estaba seguro.

Cuando describí la conversación telefónica que había tenido con la otra hermana (la grosera) ella sonrió y dijo: "Ahora sabe por qué Pedro es tan grosero. No se imagina cuántas veces mi madre ha tratado de lavarle la boca con jabón."

Luego empezó a explicarle a Pedro, delante de mí, tal como lo había hecho la otra vez que había venido al colegio, lo importante que es respetar a los profesores y a los compañeros de clase. A mí me dijo que Pedro era su proyecto personal porque se daba cuenta de que necesitaba una persona estable como guía. Hasta ahora nadie de la familia lo había orientado debidamente.

Terminé la conversación asegurándole que iba a trabajar con Pedro hasta que terminara el año escolar en junio y que no iba a renunciar. Ella también dijo que siempre iba a estar a disposición de su hermano menor. También le agradecí su actitud positiva y su apoyo. Antes me había pedido una copia de las anécdotas relacionadas con el comportamiento de Pedro que tenía en mi computadora. Imprimí la copia y se la entregué. Permaneció sentada un momento leyendo eso. La observé tratando de ver su reacción a los arrebatos de ira del hermano. Su cara no me decía nada. Después de leer lo que había en el papel lo dobló, lo metió en la cartera, miró a Pedro y dijo: "¿Qué carajo te pasa? Espero no oír nunca más que le dices toda esa mierda a los profesores."

CAPÍTULO 7

Tower Vuelo 222

10:35 AM

Las filas en el mostrador de facturación en el aeropuerto LAX eran más largas que de costumbre, mientras los viajeros se tomaban un tiempo adicional en espera de la reacción instintiva de las aerolíneas, que tienden a multiplicar por diez las medidas de seguridad durante un año aproximadamente después de un accidente aéreo. Al observar los rostros de los demás pasajeros lo que vi fueron personas que habían llegado al aeropuerto con el equivalente de una maleta adicional llena de paciencia. En el ambiente reinaba una especie de ansiedad nerviosa. No había pasado ni una semana desde que el vuelo 800 de TWA se había caído al Océano Atlántico doce minutos después de despegar de JFK. Definitivamente, se había socavado la confianza del público en los viajes aéreos.

12:00 PM

Estaba sentado cerca de la puerta de embarque 12 esperando la salida de mi vuelo de las 12:45 para regresar a JFK y haciendo lo posible por no pensar en todo lo que podía salir mal. Estaba sumergido en mi crucigrama cuando se acercó una mujer mayor y se sentó a mi lado. Yo la saludé. "Así que vamos a regresar a Nueva York", dijo para tratar de romper el hielo.

Tenía un aspecto excéntrico. Eso bastaba para que yo pensara "Ojalá no espere que le preste atención durante la próxima media hora antes de subir al avión." Talvez era su aspecto. Era una mujer de aproximadamente 75 años de edad, vestida como si tuviera alrededor de 30 años. Si yo hubiera sido mucho menor (me resulta imposible no ser educado con los ancianos) habría podido ser grosero con ella y entonces seguro no me habría molestado. Sin ser descortés le di una respuesta superficial e inmediatamente enterré la cabeza en mi crucigrama. Esperaba que ella pudiera entender mi lenguaje corporal que decía que quería que no me molestaran. Dos minutos después intentó hablar con la otra persona que estaba sentada a su lado y ella tampoco le hizo caso.

12:30 PM

Estaba reflexionando sobre la respuesta de la quinta línea del crucigrama cuando se oyó el sonido crujiente de una voz que anunciaba que era hora de embarcar. Agarré mi morral y pensé, "Que Dios le ayudé a los pasajeros que van a tener la mala suerte de tener que sentarse al lado de mi vieja excéntrica." Subí al avión y me dirigí al asiento del pasillo 17G. Me sentí aliviado al ver que no había asientos delante de la fila G. Pensé, "¡Qué bueno!", contento de tener más espacio para estirar las piernas.

Encontrar espacio para piernas largas siempre es un problema para los que en general no viajamos en primera clase. Ocupé mi asiento, me abroché el cinturón de seguridad y miré hacia la derecha. ¡Ahí estaba ella, en el asiento 17A! Mi vieja excéntrica. Estaba esforzándose por apretar el cinturón de seguridad alrededor de su cuerpo grueso. Suspiré con alivio. Habría sido peor que estuviera sentada a mi lado.

12:40 PM

"Perdone, señora, creo que ese es mi asiento." Se me detuvo el corazón al oír esas palabras. Levanté los ojos del crucigrama y vi a un señor que se dirigía al asiento 17A.

"Lo siento", dijo mi vieja excéntrica, y empezó a buscar su tarjeta de embarque. La encontró y se la entregó al señor que trataba de desplazarla. Parecía molesta por tener que cambiar de asiento.

"EL suyo es el 17F", anunció él. "¡Oh no!" pensé, "La suerte ha conspirado contra mí". Enseguida empecé a mirar si había asientos vacíos. A primera vista no vi ninguno. "Talvez digo que voy al baño, encuentro un puesto vacío y no regreso al 17G". De ninguna manera iba a someterme a una charla sin sentido durante cinco horas. Todavía estaba atónito y pensando en mi suerte cuando ella me saludó alegremente.

"¡Qué bueno que nuestros asientos están juntos!", dijo con alegría. Era demasiado tarde. Debería haberme ido antes de que ella se diera cuenta de que yo estaba ahí. Estaba atrapado.

12:50 PM

"Señoras y señores, disculpen la demora. Tenemos algunos problemas al tratar de cerrar la bodega de carga. Esperamos resolverlo en los próximos minutos y entonces vamos a despegar."

No parecía haber nada inusual en el anuncio del capitán. Seguí haciendo mi crucigrama esperando que mi cuerpo todavía daba señales claras y coherentes que decían "favor no molestar".

1:30 PM

"Señoras y señores, no hemos logrado cerrar la bodega de carga. Vamos a tener que llevar el avión al taller. Tenemos que pedir que todos salgan del avión. Disculpen la molestia. Después de bajar del avión por favor acérquense al mostrador para que les den un vale de $15 para el almuerzo. Por favor regresen a la puerta de embarque 12 a las 5:00 PM para saber cuál es la nueva hora de embarque."

Me sorprendió la tranquilidad con que todos recibieron la noticia. Estaba claro que todos estaban desilusionados, pero no indignados. Eso significaba que nuestra salida se aplazaba por lo menos cinco horas. Al bajar del avión se me ocurrió que seguro el problema era más grave de lo que había dicho el capitán. Tenía que haber un problema de seguridad que Tower no quería mencionar para no alarmar a los pasajeros. Probablemente iban a utilizar las próximas horas para examinar todo el avión. Talvez sería mejor regresar a Nueva York con otra compañía aérea. Por otra parte, el vuelo 222 probablemente iba a ser el vuelo más seguro cuando hubieran terminado de examinar detalladamente el avión. Decidí ir a almorzar, encontrar un sitio tranquilo, y leer hasta la hora de embarcar.

4:45 PM

Al regresar a la puerta de embarque me preguntaba lo que había pasado con 17F. Seguro iba a haber muchos asientos disponibles porque al bajar del avión había oído decir a varios pasajeros que iban a buscar otra compañía para viajar a Nueva York. A las 5:00 anunciaron que podíamos embarcar para salir a las 5:30 PM.

5:15 PM

Después de sentarnos empecé a planificar mi estrategia para cambiar de asiento. Lo haría después de que el capitán apagara la señal que dice "ajústense el cinturón". De repente 17F interrumpió mi reflexión. Preguntó, "¿Quiere un plátano?" ¡Qué inteligente! Me ofrecía un plátano para que me sintiera obligado a ser su audiencia cautiva durante 5 horas de vuelo transcontinental.

6:00 PM

"Señoras y señores, una vez más nos disculpamos por la demora. Un caballero acaba de pedir que lo dejen bajar del avión, lo que significa que tenemos que encontrar su equipaje en la bodega de carga. Ustedes saben que nuestra política es que los pasajeros tienen que estar acompañados por su equipaje. Esperamos partir dentro de media hora."

Por primera vez hubo un murmullo de protestas de estos pasajeros que en general eran extremadamente pacientes. El capitán, la demora y toda la situación al fin estaban agotando su paciencia. Oí una voz que desde más atrás decía: "Esto es ridículo."

6:10 PM

17F me explicó que tenía problemas de audición y me pidió que le explicara lo que había anunciado el capitán. Muy astuta mi amiga excéntrica. Estaba decidida a conversar conmigo.

Hasta ese momento yo había evitado todo contacto visual y enviado señales no orales que indicaban que deseaba que me dejaran en paz. Era evidente que ella quería descargar su corazón y yo sentía que me miraba furtivamente buscando una oportunidad.

Desafortunadamente entendió mi explicación de lo que había dicho el capitán como una señal de que estaba dispuesto a conversar. Enseguida empezó a hablar. Sin las formalidades habituales entre personas que acaban de conocerse, me sorprendió que de inmediato me convertí en un viejo amigo. A lo mejor eso iba a ser un buen momento para emplear mi mecanismo favorito para encarar el estrés de los viajes. Cuando estoy atrasado y dependo totalmente de los buses, de los trenes o de los aviones, siempre me ha parecido interesante "abandonar" mi situación observando cómo encaran el estrés los demás. Talvez debía renunciar y escuchar a mi vieja excéntrica. A lo mejor hasta era interesante. A ella parecía no importarle que yo no supiera quiénes eran Betsy y Maggie. Seguía mencionando nombres de personas que yo suponía eran miembros de su familia. Pensé en interrumpirla para pedirle explicaciones, pero decidí no hacerlo. Era un vuelo de cinco horas. Tarde o temprano todo quedaría claro. ¿O no? Después de un monólogo de veinte minutos me di cuenta de que ella no era el tipo de persona que necesitaba estar segura de que la escuchaban con comentarios como "Entiendo", "¿Realmente?", "¿En serio?", "¡No me diga!"

Ella estaba totalmente absorta en su historia y yo en observarla, a pesar de que la mayor parte de lo que decía solo tenía sentido para ella. Lo que decía lo formulaba al azar, sin secuencia clara, como una historia contada por un niño.

6:15 PM

"Mi hijo vuela en planeadores...estuvimos en Las Vegas el fin de semana pasado. Fue divertido, ¿Has ido recientemente a Las Vegas? Cuando estaba vivo mi marido nos quedábamos en el Mirage. Mi hijo dice que allá tienen de todo. Hasta diversiones encima del edificio..... ¿Has ido a Atlantic City? ¿No? ¡No puede ser! .....Mi nieta jugaba a los dados cuando tenía trece años. Entonces era alta para su edad."

Me dije, "Ira, deberías apuntar eso. Parece que va a ser una historia interesante." Saqué mi cuaderno amarillo y empecé a escribir mientras ella seguía divagando. ¿Qué le iba a decir si me preguntaba qué estaba escribiendo? Suponía que tendría que inventar algo. Parecía que no se daba cuenta o que no le importaba lo que yo escribía mientras seguía contando su historia.

"Estuvimos en Morrow Beach. Tuve que alquilar una camioneta. No te lo puedes imaginar... ...mi nuera piensa que es la Virgen de la Cienciología. ¿Sabes lo que es eso? Es con Ron Hubbard." Interrumpió unos segundos antes de seguir.

"¿Cómo me puede ayudar alguien a oír mejor si lo que realmente necesito es una operación?"

Otra pausa mientras miraba de un lado a otro como buscando una azafata.

"Parece que no nos vamos a ir nunca, ¿verdad? Mi amiga pregunta por qué no viajo con Tower. Podría ahorrar por lo menos cien dólares." Se agachó, buscó su cartera debajo del asiento, la abrió, buscó su espejo, y de manera poco hábil se pintó los labios y trató de enderezar su peluca.

"Mi hijo tiene problemas... sabes lo que quiero decir."

Yo no sabía lo que quería decir. Pensé, "¿Por qué no me dices lo que quieres decir?"

Por primera vez pareció darse cuenta de que yo estaba escribiendo. Interrumpió unos segundos y luego preguntó, "¿Qué estás escribiendo?" Oh, ahí estaba. Hacía por lo menos 40 minutos que estaba apuntando todo lo que ella decía. Mentí, diciendo, "Estoy haciendo una lista de lo que tengo que hacer para preparar mi viaje a New Hampshire."

"He oído decir que allá hay un Coney Island con parque de diversiones y todo." Su respuesta me dejó desconcertado. No tenía ni idea de qué estaba hablando, pero mi temor de que hiciera preguntas sobre mi viaje a New Hampshire desapareció cuando siguió con su historia.

6:30 PM

"¿No te parece terrible?" Se refería al hecho de que todavía estábamos en el aeropuerto. "Por cien dólares más yo hubiera podido volar con American..... No sabía que tenían diferentes categorías de asientos en Tower......Mi hijo es drogadicto. Es la mayor desilusión de mi vida, aparte de que mi otro hijo no siguió con su música.......Alguien me dijo que consiguiera uno de esos teléfonos que hay en los automóviles. ¿Cómo se llaman?" Dije, "Teléfonos celulares."

"¿Eso quiere decir que se puede llamar desde cualquier sitio?".....Ella formulaba preguntas, pero no esperaba la respuesta. "Soy viuda. He estado sola desde que murió mi marido. No estoy acostumbrada a viajar sola. Hacíamos todo juntos."

6:40 PM

Una vez más se oyó la voz del capitán en la cabina.

"Otro pasajero quiere bajar del avión y cada vez que eso sucede hay que buscar su equipaje y eso toma unos 40 minutos. Pedimos disculpas por la demora." Un pasajero que estaba en la parte trasera del avión perdió el control al oír ese anuncio. Gritó durísimo: "Díganme quién es y lo agarro a patadas."

"¿Dónde está mi sombrero? Parece que alguien lo cogió. ¡Azafata!", dijo 17F cuando se dio cuenta de que no sabía dónde había dejado su sombrero. Y luego siguió diciendo "Es tan difícil desde que se murió mi marido. Hacíamos todo juntos. A él no le gustaba viajar….. íbamos a todos los espectáculos."

Una vez se oyó la voz del capitán en la cabina.

"Señoras y señores, algunos pasajeros han convencido al que quería bajarse del avión de que no lo hiciera. Agradezco la ayuda de esos caballeros." Se oyeron gritos de alegría y un fuerte aplauso. "¡Bravo!" gritó una mujer que estaba sentada detrás de mí.

EN El AIRE

6:50 PM (hora del Pacífico) - 3.30 AM (hora de la costa oriental)

Tower vuelo 222 se alejó lentamente de la puerta de embarque y se colocó en la fila de aviones que esperaban su turno para despegar.

"Era un músico tan bueno….. No entiendo por qué lo abandonó. Tenía tanto talento. Me parte el corazón. Una vez fui a escucharlo y cuando una mujer se dio cuenta de que era mi hijo me preguntó cómo había producido un músico con tanto talento." Hizo una pausa de 10 segundos y luego siguió.

"No me gusta hablar de eso. Es un drogadicto." Ahora estaba hablando del otro hijo. "Eso es. Un tipo brillante, pero drogadicto. Muy triste. Financia su adicción apostando en el mercado de valores. No sirve para nada. Todavía vive conmigo. Parece que no me puedo deshacer de él. Realmente no me gusta hablar de eso, pero él no sirve para nada."

Se levantó y caminó hacia el baño. Seguí escribiendo a toda velocidad para terminar antes de que regresara. Volvió diez minutos más tarde.

"Acabo de tomar un Tylenol. Mi amiga me debe recoger. ¿Supongo que va a llamar al aeropuerto para averiguar a qué hora llego? Compré un seguro adicional para este viaje, algo que nunca hago…….. te puedo decir que puedo pasar el resto de mi vida sin comer comida mexicana. No me gusta la comida mexicana."

Yo no sabía qué la hacía pensar en la comida mexicana en ese momento preciso. Hubo silencio durante dos minutos. La miré y vi que estaba dormida. Aproveché la oportunidad para observarla más detenidamente. ¿Era judía o italiana? No podía decir. A veces parecía lo una y a veces lo otra. Tenía aspecto de italiana, pero también tenía características judías. ¿Qué exactamente? Yo no sabía. No sonaba como una persona judía, pero hablaba de una manera que parecía judía. En la mano derecha tenía dos anillos llamativos con dos piedras falsas extremadamente grandes. Sus medias largas eran negras y demasiado apretadas. La blusa era negra, de encaje y escotada. Encima llevaba una chaqueta de tela de jeans con botones plateados. Tuve la impresión de que quería parecer rica y elegante, pero se veía como una prostituta vulgar. Sus uñas eran de color rojo brillante. En la cabeza tenía una peluca rubia descolorida. Ahora otra vez estaba despierta y hablando.

"Desde que se murió mi marido, hace dos años, ha sido tan difícil encontrar personas que salgan conmigo. Mi marido siempre era bueno con ellos, pero todos me abandonaron cuando él se murió. Trato de invitar gente a salir, pero siempre están demasiado ocupados. Mi hijo dice que estoy comprando su amistad. Ellos no me invitan a ninguna parte. Sé que ahora no me veo muy joven, tengo más de 70 años, pero cuando me visto bien, con maquillaje, un vestido negro bonito y medias, me veo mucho más joven....No entiendo, nadie quiere salir conmigo.....Mi médico es homosexual..... Me encanta Manhattan. Él vive en Manhattan. Es muy amable conmigo. Cuando voy a verlo me siento como si estuviera visitando a un amigo. Es muy amable. Cuando voy a ver un espectáculo en Manhattan me dice '¿Por qué no pasas la noche aquí? Mill Basin es tan lejos.'

Mill Basin. ¿Dónde está? Mi mente daba vueltas. Creo que es uno de los barrios italianos en el fondo de Brooklyn. Ahora entiendo. Tiene que ser italiana. Ella siguió hablando de manera incoherente.

"Él siempre tiene mucha comida. Yo siempre como mucho cuando estoy allá." Pensar en la comida seguro le recordó que todavía tenía plátanos. "Me sobra un plátano. ¿Seguro no lo quieres?" Le dije que estaba seguro y ella siguió con su historia.

"Los médicos ganan mucho dinero, pero él no me cobra mucho. Es tan amable conmigo. Su compañero cuidaba a una mujer mayor que le dejó todo su dinero cuando se murió. Setecientos mil dólares. ¿Lo puedes creer?"

Otra vez se quedó dormida. Cuando despertó estaban sirviendo la comida.

"¿Nos van a dar algo delicioso?" Bostezó, se frotó las manos y cuando llegó la comida empezó a comer con los dedos. "Azafata, necesito un cuchillo para cortar el pollo." No esperó el cuchillo y usó la cuchara y el tenedor.

"Quieres mi bizcocho?" Dije que no gracias. "¿Estás seguro? El café estaba bastante bueno. ¿Quieres café? Como ahora estoy casi siempre sola uso café instantáneo y le echo canela."

Pensé que había que olvidar el café y volver a hablar del compañero del médico, que era algo mucho más interesante. La manera incoherente en que sus pensamientos salían de sus labios significaba que no era seguro que iba a volver a ese tema. Iba a tener que insinuárselo.

"¿A qué se dedica el compañero del doctor?" pregunté, a pesar de que me había propuesto no interrumpirla.

"¿A qué se dedica?" repitió y soltó una carcajada. La sorprendía y divertía mi pregunta. "Es un alcohólico" contestó. ¿Cómo le parece? Lo único que hace es emborracharse. ¡Qué vida!" Echó la cabeza hacia atrás y volvió a reír como si recordara algún episodio divertido de las borracheras.

"Que Dios me perdone que lo diga, pero menos mal que no tienen niños." Me tomó unos segundos darme cuenta de que ahora se estaba refiriendo a su nuera. "Es demasiado gorda. Eso no es una broma. Tiene una linda cara, pero es gordísima. Es una verdadera "yenta" (chismosa). ¿Sabes lo que es eso?". Parecía interesada en enseñarme yidis. A lo mejor sí era judía o ambas cosas. Hice como si no supiera lo que es yenta.

"Una mujer de pescado" dijo. Quería pedirle más detalles, pero decidí no distraerla.

"No cocinan. Siempre salen a comer….. ¿Y adivina quién paga cada vez? Yo. Mi amiga me dice que con el dinero que gasto en mi hijo y su esposa hubiera podido ir a Europa. Cuando vuelva allá me voy a hacer la boba." Pasaron unos segundos y luego añadió.

"Y en la ruina…... desde que murió mi marido todo ha cambiado. Cuando uno envejece todo le molesta. Cuando era joven no me importaba. Ahora todo me preocupa. Estoy en medio de todo y por eso estoy tan molesta. No sé por qué te lo cuento a ti, un desconocido. ¿Por qué te estoy contando la historia de mi vida? Talvez debería hablar con un sacerdote. ¿Piensas que eso me ayudaría?"

Le dije que pensaba que sí.

"Mi hijo es brillante. Siempre obtiene la calificación 90." Parecía realmente triste por el problema de su hijo con las drogas.

"Le dieron una beca para estudiar radiología en Downstate. ¿Y qué hace? Se queda dormido en la clase. Son las drogas. Supongo que las drogas y la radiología no se combinan bien" añadió, con actitud resignada y extremadamente preocupada al pensar que nadie la iba a esperar en el aeropuerto. Después de tantas demoras íbamos a aterrizar a las 3:30 AM.

"Deberías ver toda la basura para su madre que mi nuera metió en mi maleta. No sé cómo la voy a poder cargar. No debería haber aceptado todo eso".

3:40 AM, hora de la costa oriental.

Finalmente estábamos en JFK. Cuando llegamos al sitio donde se recoge el equipaje ella no pudo encontrar una de sus bolsas. Estaba desesperada. Como vi que tenía solamente un comprobante de equipaje despachado le pregunté si estaba segura de haber entregado dos maletas. Me aseguró que sí y empezó a lloriquear como una niña desamparada.

"¡Oh! ¿Qué voy a hacer? ¡Oh, oooohh¡ ¿Qué voy a hacer?" Su voz temblaba como si estuviera a punto de empezar a llorar.

Le dije que no se preocupara, que probablemente la bolsa estaba a punto de salir y me puse a mirar la cinta transportadora de equipaje para ver si veía la bolsa perdida que ella acababa de describir.

Traté de tranquilizarla, pero también tenía dudas de que hubiera entregado dos maletas. Me miró con sus grandes ojos azules, con delineador que ahora, a las 3:50 de la mañana, estaba tan borroso que ella parecía un homosexual vestido de mujer con maquillaje mal puesto. Ella repitió varias veces el mismo refrán.

"Oh, oooohh, ¿Qué voy a hacer? Toda mi vida está en esa bolsa."

A punto de empezar a llorar, me miró pidiendo ayuda. Toda su vida estaba en una bolsa que probablemente se había perdido. Con razón estaba tan angustiada. Una viuda vieja sin amigos, a punto de enfrentar la enorme tarea de reconstruir su vida. La idea de tener que reemplazar todos sus documentos importantes y las tarjetas de crédito seguro en ese momento parecía algo abrumador e imposible. ¿Por qué no tenía consigo esas cosas valiosas? Ya no parecía excéntrica sino solamente desgraciada. Me daba lástima. Ahora sus ojos azules estaban nadando en el líquido claro de sus lágrimas. Parecía tan vulnerable como un perrito recién nacido.

"Tienes que hacer algo para ayudarme en esta situación difícil", suplicó.

Yo quería ayudar, pero no sabía qué hacer. Después de todo, solamente era un desconocido que por casualidad estaba sentado a su lado durante un vuelo de un lado al otro del país. Pero ahora ya no era un desconocido. Sin duda ya no me consideraba así desde el momento en que empezó a interesarme su historia. En ese momento empecé a formar parte de su pequeño grupo de amigos. Sus "amigos" probablemente la han abandonado por no querer escuchar su interminable historia de soledad y depresión.

Me conmovía su tristeza y su creciente pánico. Siguió pidiéndome que hiciera algo.

"¿Qué era lo que había en esa bolsa?" pregunté, pensando que podía tranquilizarla un poco si le aseguraba que sería fácil reemplazar los documentos. Había que llamar a las compañías de sus tarjetas de crédito para decir que las había perdido.

"Oh, oooohh, ¿Qué voy a hacer? Mi vida entera está en esa bolsa."

Tenía que lograr que me dijera cuáles eran las compañías de sus tarjetas de crédito para informarlas inmediatamente.

Le pregunté de nuevo qué había en esa bolsa.

"Mis pastillas y mi maquillaje", contestó.

CAPÍTULO 8

Salsa Picante de las Indias Occidentales

Era el momento en que me registraba en el aeropuerto de St. Kitts para regresar a la ciudad de Nueva York. La maleta que había facturado pesaba 2 libras más de lo permitido. Tenía la opción de pagar cien dólares americanos o transferir dos libras a mi equipaje de mano. Escogí lo segundo.

Al pasar por el control de seguridad el funcionario detuvo la cinta transportadora, sacó mi equipaje de mano, y le dijo a un colega que lo revisara.

El funcionario empezó a abrir mi bolsa, pero lo llamaron para que examinara el equipaje de mano de la persona que estaba detrás de mí en la fila. Cuando terminó volvió donde mi equipaje. Antes de poder reanudar la revisión lo volvieron a llamar para que examinara el equipaje de otra persona que estaba más atrás que yo en la fila. Nunca regresó. Lo reemplazó una mujer que reanudó el examen de mi equipaje. Después de unos segundos me dijo que le diera un segundo, que ya volvía. Le dije: "Lo siento. Ya les di suficientes segundos a usted y a sus colegas. No puede ocuparse de nadie que esté detrás de mí. Primero termine de revisar mi bolsa y después vaya a otro sitio." Empezó a protestar, pero luego cambió de opinión y empezó a buscar en mi bolsa lo que había señalado el escáner.

"Señor, tengo que confiscar esto. Contiene más de tres onzas." En la mano derecha con guante de plástico tenía una botella de salsa picante de las Indias Occidentales. Yo la había sacado de la maleta que había entregado para que pesara menos. Me oí decir: "No hay problema. Lo entiendo." Eran palabras que contradecían la rabia que me daba que confiscaran mi valiosa salsa picante. Ella me dijo que podía seguir. Cerré mi bolsa, y vi horrorizado que ella tiraba a una caneca de basura que tenía un letrero que decía "confiscado" mi hermosa botella de color marrón rojizo, con salsa picante preparada por una mujer desconocida de St Kitts para las delicias culinarias de los que aman la comida picante.

Luego, de manera inexplicable, cuando la mujer se dio vuelta para atender a otro pasajero, mi brazo derecho (que toma sus propias decisiones) me condujo a donde estaba la basura, movió la tapa de la caneca, encontró la botella y la sacó. Cuando mi brazo se retiró, por equivocación hizo caer la tapa de la caneca al suelo con un ruido fuerte. Con la mayor tranquilidad posible y con el corazón muy acelerado la recogí, la coloqué en su lugar y seguí hacia la sala de espera.

No sé por qué esa funcionaria no me detuvo. Estaba tan cerca que seguramente había oído que la tapa cayó al suelo. Mientras estaba sentado esperaba que en cualquier momento iba oír el sistema de alto parlante diciendo:

"Por favor, que el caballero de la salsa picante de las Indias Occidentales se acerque al mostrador A."

"Pedimos que se identifique el caballero que sacó la salsa picante de la caneca de basura."

"Se nos ha informado que falta una botella de salsa picante de las Indias Occidentales que estaba en la caneca de basura. El vuelo 1444 no va a salir antes de que devuelvan esa salsa picante."

El anuncio que esperaba sobre la salsa picante que yo me había robado a mí mismo nunca se oyó. Suspiré con alivio solamente cuando mi avión ya estaba en el aire.

El aeropuerto de Miami. Me sentía muy satisfecho por haber impedido el intento de separarme de mi salsa picante de las Indias Occidentales y fui a recoger mi equipaje. Estaba contento (y realmente sorprendido) por mi acto atrevido sin precedentes. Seguía felicitándome a mí mismo cuando pasé por la aduana y entregué mi equipaje a American Airlines. Pocos minutos más tarde me estaba apresurando para pasar por el control de seguridad.

Luego, de repente, tuve una sensación de desesperación horrible. Mi valiosa salsa picante de las Indias Occidentales todavía estaba en mi equipaje de mano. Inmerso en mi alegría triunfante por el rescate en el aeropuerto de St. Kitts, se me había olvidado transferir la botella al equipaje facturado.

¿Iba a intervenir otra vez la diosa protectora de la salsa picante de las Indias Occidentales? En el control de seguridad les tomó veinte segundos ubicar la salsa picante "explosiva". Un récord mundial por el número de veces que la misma botella de salsa picante fue confiscada por dos funcionarios diferentes en dos países diferentes con zonas de horarios diferentes.

La funcionaria no tiró la botella a la caneca de basura de manera irresponsable. La tenía agarrada con ambas manos y la admiraba, mostrando empatía por lo que yo había perdido, como si comprendiera mi dolor, como para asegurarme que mi salsa picante de las Indias Occidentales iba a terminar en un sitio mejor. Sin embargo, yo no me pude deshacer del sentimiento incómodo de que apenas yo me hubiera ido mi salsa picante de las Indias Occidentales iba a acabar en el fondo de una caneca de basura.

"La vamos a guardar allá, en esa habitación segura", dijo ella con una sonrisa.

CAPÍTULO 9

El Hombre

Era un día agradable de verano en julio en el lago Chautauqua, a unas pocas millas de la casa de mi hermana en el noroeste del estado de Nueva York. Traté de colocar el barco de vela tipo sunfish de manera que llegara a la vela la brisa suave que soplaba en el lago. No era el mejor día para navegar. Jackie, mi sobrina de quince años, estaba sentada a mi lado con gran ilusión. Era la primera vez que navegaba y yo quería que eso fuera tan emocionante como la primera vez que mi esposa me llevó a un lago de White Mountains en New Hampshire. Se veía apenas un pequeño rastro que dejaba el barco al avanzar por la superficie brillante. Era la primera vez que Jackie estaba en un barco de vela tipo sunfish y en su rostro se podía ver que estaba lista para una aventura.

Jackie lanzó un grito de alegría cuando de repente aumentó el viento. Yo ajusté de inmediato la vela y ahora, con el viento que habíamos esperado tanto tiempo, el barco se aceleró y ya estábamos en camino.

Desde lejos podía ver a mi mamá de pie en el muelle. Parecía desorientada al mirar alrededor como alguien que está perdido. Parecía que Louisa, mi sobrina de nueve años, y Jr, mi sobrino de siete años, estaban tratando de consolarla. Dimos la vuelta y regresamos al muelle. Me preocupaba que mi mamá se estaba agitando demasiado. Cuando llegamos Louisa explicó que mi mamá estaba preguntando dónde estaba el hombre.

Había pasado aproximadamente un año y medio desde que, a mi mamá, que entonces tenía 73 años, le habían diagnosticado la enfermedad de Alzheimer. Yo todavía estaba tratando de acostumbrarme a la idea de que tenía esa enfermedad devastadora. Es algo que afecta a unos seis millones de personas en los Estados Unidos y todavía no se puede curar. Entre los síntomas están la pérdida grave de la memoria, paranoia, depresión seria y agitación repentina. Es tan grave la pérdida de capacidad intelectual de los pacientes que se perturba su vida social y profesional.

El que mi mamá se refiriera a mí como el hombre me causó una sensación agridulce de enajenación y de cariño. Por una parte, significaba que no sabía quién era yo. Unos meses antes, mi hermano me había llamado para decirme que ella no se acordaba de que tenía dos hijos. Me parecía inconcebible que eso pudiera suceder. Esa fue la primera vez que me sentí abrumado por una profunda sensación de pérdida. Recuerdo haber pensado: "¿Es posible que haya olvidado que dio a luz a dos hijos?"

Por otra parte, me acordaba también de un período de unos treinta años atrás. Mis padres se habían separado y yo, el hijo mayor, fui nombrado hombre de la casa por mi mamá. Era un rito para pasar a la edad adulta y una época en que aprendí muchas cosas de ella. El recuerdo y la impresión más importantes que sigo teniendo es que era una mujer orgullosa y estoica que nos mantenía y nos consentía de la única manera en que sabía hacerlo: con tenacidad, dignidad serena y un enorme sentido de independencia.

Este verano era la primera vez que yo había tenido la oportunidad de cuidar a mi mamá desde que tenía la enfermedad de Alzheimer. Las semanas que pasé con ella me permitieron entender hasta cierto punto el efecto físico y moral de esa enfermedad para ella y para nuestra familia. Antes yo no sabía nada del impacto que podía tener la enfermedad. De repente me di cuenta de que nunca más iba a tener una conversación normal con mi mamá. Otros miembros de la familia también habían tenido incidentes aterradores similares. Una vez ella se había bajado del automóvil de mi hermano, había cruzado la calle en medio del tráfico y se había acercado a un policía para decirle que la estaban secuestrando. En otra oportunidad había empacado una maleta y había anunciado que definitivamente iba a regresar a su casa.

Si bien yo entendía las pruebas médicas según las cuales hay factores orgánicos etiológicamente relacionados con los cambios de su cerebro, al comienzo seguía tratando de razonar con ella para tratar de entender lo que decía. Por lo general era inútil. Con frecuencia olvida palabras o las usa de manera incorrecta. Pronto aprendí la técnica de cambiar de tema de repente o distraerla antes de que estuviera demasiado frustrada por no lograr que la entendieran. Constantemente buscaba la manera de lograr que ella no sintiera que era incoherente. Creo que así tuve cierto éxito en mitigar su tensión, frustración, vergüenza e ira.

Hubo momentos maravillosos en que volvía a surgir su gran sentido de humor, pero lo mejor eran los escasos momentos en que yo estaba seguro de que me reconocía. Hasta el día de hoy la única prueba evidente de que me identifica es cuando me pregunta por Sophie, mi hija de once años. Sophie ahora representa (y siempre va a representar) un vínculo espiritual que tengo con mi mamá.

Mi mamá es la persona más sabia que he conocido. Siempre me había sorprendido que pudiera ser tan sabia. Hasta en la etapa de mi vida en que sabía todo (cuando era adolescente) había algo en la forma en que ella manifestaba su sabiduría (con una elocuencia tranquila) que me hacía reflexionar. De manera inexplicable, por alguna predisposición intuitiva, siempre sabía que ella tenía razón. Nunca le dije a ella (ni a nadie) cuánto confiaba en secreto en su opinión, hasta cuando acababa haciendo lo contrario de lo que ella decía.

Ahora lamento no haber tenido el valor o la madurez (o lo que sea) para decírselo antes de que tuviera la enfermedad de Alzheimer. A lo mejor lo sabía. Pocas cosas se le escapaban. En esa época yo no me daba cuenta, pero ahora sí sé que las lecciones más importantes de la vida las aprendí de mi mamá. Todo lo que aprendí de ella (desde los valores sociales hasta los buenos modales) ha sido muy útil en el trayecto de toda mi vida en busca de la satisfacción. Se lo voy a agradecer eternamente.

Parece extraño hablar de mi mamá en tiempo pasado. Aunque físicamente sigue con nosotros, el progreso de la enfermedad hace que sea solamente una imagen lejana de lo que había sido. Para aceptar esa pérdida me parece mucho más terapéutico pensar en los innumerables aspectos positivos de su vida. Supongo que a mi mamá no le gustaría que pensáramos en ella como está ahora, cuando ha perdido la memoria, sino más bien como era antes de que la pérdida de la memoria cambiara de manera drástica su personalidad.

Recientemente descubrí una fotografía de mi mamá cuando tenía un poco menos de treinta años. Se la mostré y le pregunté si sabía quién era. Su respuesta fue reveladora y reconfortante.

Contestó de inmediato que era una mujer llamada Sara (el nombre de mi mamá). Referirse en la tercera persona a sí misma antes de tener la enfermedad de Alzheimer parece ser uno de los mecanismos que ahora utiliza para encarar la devastadora pérdida de control. Siempre había sido una mujer tímida, digna e independiente, y ahora tiene que depender de otras personas (que para ella son desconocidas) para realizar hasta las actividades más sencillas.

Es reconfortante saber que encuentra la manera de encarar los efectos de la enfermedad. Esa creatividad siempre ha sido una característica de mi mamá para superar todos los obstáculos. Todos los días trato de orientar, inspirar y motivar a mis alumnos (chicos de doce y trece años de edad que todos los días tratan de superar obstáculos que a veces son aún peores). Espero poder transmitirles de alguna manera, aunque sea una parte del legado de mi mamá.

CAPÍTULO 10

Nuevo Año Escolar

Agotamiento es una palabra que usan con frecuencia los docentes de las escuelas secundarias de las ciudades. Cuando describen la trayectoria de su vida profesional muchas veces se refieren a su era de idealismo, la época de su vida profesional cuando había muchas recompensas psicológicas, la época en que declaraban que iban a lograr cosas importantes en el mundo al transformar la vida de los niños. Si uno tiene suerte o llega a la profesión con pureza de corazón, con abnegación y sin motivos egoístas, con la convicción de que todos los niños pueden aprender, con voluntad para reflexionar sobre su trabajo, es posible tener la suerte de no sentir la impotencia, el desamparo y la frustración de ya no poder 'llegar' a los alumnos. Para sobrevivir los retos difíciles que surgen todos los días y el estrés de la actived de enseñar, motivar, orientar y apoyar a los adolescentes de los barrios marginados, es decir, para mantener la cordura y la voluntad, es clave saber cuidarse a sí mismo.

Eso estaba haciendo yo, cuidándome, recargando mi batería emocional y espiritual, por decirlo así, gozando de los últimos días de agosto que paso todos los años en Martha's Vineyard, cuando el trayecto de mis veintitrés años de carrera en el departamento de educación de la ciudad de Nueva York tomó un giro extraño. Era algo extraño hasta para las normas del departamento de educación de la ciudad de Nueva York.

Quedaban solamente pocos días hasta cuando los administradores tenían que regresar para el comienzo del nuevo año escolar, y las pesadillas que siempre tenía a finales del verano ya estaban aumentando considerablemente mi ansiedad. Al final de todos los veranos esperaba esas pesadillas igual que esperaba el frío desagradable pero inevitable del otoño. No era el tipo de pesadilla aterradora en que es inminente la muerte, mi muerte - cuando un monstruo me persigue sólo para hacerme daño - convirtiéndome en un aperitivo a la hora de la comida, por ejemplo - y que se acerca cada vez más a pesar de que avanza a paso de tortuga y yo a la velocidad de una bala. No es ese tipo de pesadilla llena de sangre y muerte, pero sí es mortífera de una manera más suave. Es mortífera de la manera no sangrienta y poco divertida como cuando un comediante se muere de repente mientras está en el escenario.

En realidad, no es correcto decir que se trata de pesadillas recurrentes. Los sueños de finales de agosto que me persiguen todos los años no son los mismos. Se trata de una serie de sueños de diferente contenido cada año, pero con un tema común. Se puede decir que son variaciones de un tema. Es el primer día de clases, estoy súper bien preparado, los alumnos están pacientemente sentados, optimistas y curiosos, contentos con la promesa de las posibilidades eternas del nuevo año escolar. Están sentados esperando sentirse inspirados, motivados y retados. Yo hago lo posible por expresarme lo mejor posible al hablarles, pero mis cuerdas vocales y otras partes fisiológicas que ayudan a producir sonidos no funcionan. Estoy hablando, pero no se oyen mis palabras y comienzo a morir una muerte lenta. ¿No es irónico que las palabras, o en este caso la falta de palabras, la capacidad de comunicarme con los alumnos (la especialidad de un profesor) ahora se ha convertido en el instrumento de mi muerte?

Aquí estoy, preparándome psicológicamente para el comienzo del nuevo año escolar. A mediados de agosto revisé mi correo electrónico y vi que había un mensaje de la directora. Decía que uno de nuestros profesores de inglés, el Sr. James, se había ido y había aceptado un puesto en otro lugar. Tratar de reemplazar a un profesor en agosto es la pesadilla de los administradores de todas las escuelas. Empezar el año escolar con vacantes hace que sea casi imposible crear el ambiente adecuado. Un ambiente que transmita a los alumnos y a los padres un mensaje claro de que nos tomamos muy en serio la educación de nuestros alumnos. Este mensaje es menos serio y está en peligro si se recibe a los alumnos el primer día con un caos. Es muy difícil dar la impresión de estar preparados y en orden si no están todos los profesores y el resto del personal. Tenía que llamar a la directora para hablar de una estrategia para reemplazar al Sr. James. Estaba en una parte lejana de la isla donde no tenía recepción mi teléfono celular. Me monté en la bicicleta y me dirigí a un sitio con servicio celular.

Sonó el teléfono y contestó la directora. Conversamos brevemente sobre la partida del Sr. James y de la estrategia para reemplazarlo. Luego ella me preguntó si había oído la noticia.

"¿Qué noticia?" pregunté. Ella se negó amablemente a contestar, sin decir que no lo iba a decir. Acabó por aconsejarme que buscara su nombre en Google, insinuando que era mejor que yo mismo lo descubriera. Siempre estoy dispuesto a recibir sorpresas agradables. Sería mucho más interesante, para no decir satisfactorio, si encontrara la sorpresa "accidentalmente."

Siendo profesor, considero especialmente satisfactorio ver que los alumnos usan su imaginación y su capacidad de razonar para luego sentir la magia del descubrimiento cuando por casualidad encuentran el botón que enciende sus bombillas individuales. ¿Y acaso, no es mucho más divertido para un niño descubrir un dólar debajo de la almohada que oír que la mamá dice "aquí tienes un dólar?" A lo mejor la directora había ganado un premio o algún otro reconocimiento especial.

Volví a la casa en mi bicicleta, pensando en cuál podía se la noticia interesante que me esperaba al final de mi búsqueda en internet. En realidad, no estaba sorprendido de que la directora se sintiera renuente a divulgar la naturaleza de esa noticia. Apenas habíamos trabajado juntos un año como administradores (ella como directora y yo como vicerrector) en esa escuela secundaria relativamente pequeña de 200 alumnos. Desde el comienzo había sido claro que yo no iba a ser contratado como socio administrador sino como la persona que se iba a encargar de la cantidad infinita de detalles administrativos.

Escribí su nombre en el motor de búsqueda Google y luego esperé. En la pantalla apareció una lista de resultados. Al empezar a darme cuenta del significado de las palabras sentí que se aceleraban los latidos de mi corazón. Resultados de a búsqueda:

- ❖ Vudú de la directora fracasa cuando la despiden de Terrace High School.
- ❖ Despiden a la directora por ritual en la escuela.
- ❖ Clase de exorcismo.
- ❖ Directora trae a sacerdotisa de santería para expulsar los malos espíritus.
- ❖ Expulsan a directora de escuela del centro de la ciudad por ceremonia de santería.
- ❖ Directora Vudú de escuela "Charm School" expulsada por hechicería.

No recuerdo cuántas veces leí y volví a leer esos títulos. Sería una subestimación decir que el impacto inmediato de lo que estaba leyendo me dejó definitivamente marcado para siempre. Miles de ideas circulaban por mi cabeza como si fueran automóviles de carreras, a una velocidad infinita.

Cuando la noticia de la "directora vudú" salió en los periódicos en el verano de 2007 yo estaba terminando veintitrés años de trabajo en el departamento de educación de la ciudad de Nueva York y mi primer año en la escuela secundaria "Terrace High School." Un profesor de matemáticas de otra escuela de Manhattan fue nombrado como nuevo director. Yo me quedé tres años más para apoyarlo antes de empezar a navegar hacia el crepúsculo.

SOBRE EL AUTHOR

Ira Sumner Simmonds obtuvo una licenciatura en francés de St. Francis College de Brooklyn, Nueva York, un título de máster y una maestría en educación del Teachers College de la Universidad de Columbia de Nueva York. Después de haber sido el Administrador de Alice Tully Hall, Lincoln Center for the Performing Arts durante diez años, pasó los veinticinco años siguientes en las escuelas públicas de la ciudad de Nueva York como profesor, subdirector y rector interino. Ahora trabaja como consultor en materia de educación.